웃기려고 쓴 농담에
짠 맛이 날 때

이 책은 "박철현"이라는 농담이 펀치라인까지 가는

셋업 과정을 상세하면서도 재밌고

또 짠내나게 보여준다.

7년 전 청춘페스티벌에서 처음 만난 그는

아직도 청춘이었고 앞으로도 그럴 것이다.

훗날 그의 펀치라인이 제대로 세상에 터졌을 때

이 추천사가 나의 큰 자긍심이 되기를 기대한다.

—————— 유병재

성공 하고 나서 책을 쓰는 사람이 있고,

책을 써서 성공하는 사람이 있다.

박철현은 둘 다 아니다.

이 책으로 대체 뭘 하려는 건지 궁금해서라도

읽어보는 것을 추천한다.

—————— **메타코미디 대표 정영준**

단지 웃기고 싶어서 겪었던 수많은 실패와

몇 가지 잘못된 선택들이 모여도

행복한 인생을 사는 데에는 문제가 없다는 것을

보여주는 멋진 책.

이 책을 다 읽고 나면 그의 다음 이야기가 궁금해지는

자꾸 땡기는 짠맛이 난다.

———— **피식대학 정재형**

웃기려고 쓴 농담에 짠맛이 날 때
....

10대 시절에 나는 수기 읽는 것을 참 좋아했
다. 주인공이 이런저런 삶의 고난을 이겨내고 성
공을 이루어 낸다는 이야기. 많은 책을 읽었고 나
도 그렇게 살아야겠다고 수도 없이 다짐했지만,
어느덧 서른이 넘은 내 삶을 돌아보면 그런 모습
과는 거리가 멀었다. 이 책에 담긴 내 인생을 요약
하자면 '찍먹의 역사'다. 어린 시절 장난감도 금세
질려하던 나는 어떤 일을 하건 그랬다. 마치 인생
의 모든 것을 걸 것처럼 시작을 해놓고는 금방 다

른 것에 흥미를 느끼고 대부분의 일을 결과도 보기 전에 관두고 말았다. 그러니 내 이야기 속에는 꾸준함과 성실함으로 이루어 낸 성공기 따위는 없다는 말씀을 드리고 싶다. 하지만 나는 무수한 시도와 시행착오 끝에 진정으로 내가 하고 싶은 일을 찾았다. 남들에게 웃음을 주는 일.

공부만이 정답이라 생각했던 10대 시절을 지나, 스탠드업 코미디의 불모지인 한국에서 8년 차 코미디언으로 자리 잡기까지 나에겐 많은 일이 있었다. 매번 즐겁고 극적인 순간만 있던 것은 아니다. 행복을 선사해야 하는 코미디언이지만 정작 무대 아래에서는 불안하고 고단한 현실에 치여, 혹여나 내가 쓴 농담에 짠맛이 날까 걱정하고 고민했던 시간이 있었다. 대학 시절, 글쓰기 앱 <쓺>의 도서 출판 프로젝트를 함께 하고 어느덧 출판사 <웜그레이앤블루>의 대표가 된 현경이는 그런 나의 이야기를 책으로 써보면 어떻겠냐는 제안을 했고, 내 경험을 책으로 남겨보고 싶었던 나는 그 제안에 흔쾌히 응했다. 혹자는 성공의 근처에 가지도 못한 내가 책을 낸다는 것을 시기상조라 생각할 수 있겠지만, 내가 제일 잘하는 게 시기상조라 오히려 적절하다는 생각도 든다. 이 책은 드라마틱한 인생을 쫓아 살아왔지만, 그런 순간은 있었어도 그런 결과를 얻지는 못한, 하지만 결국 하고 싶은 일을 찾아서 그 길을 걷기 시작한 한 사람의 출발에 관한 이야기다. 글을 쓰는 내내 스스로가 부끄러웠지만 그만큼 솔직하게 쓰려고 노력했고, 그러니 의미 있다고도 생각했다. 화려하거나 흡입력 있는 문장을 쓸 재주는 없어서 그냥 간결하고 잘 읽히게끔, 마이크를 들고 무대에서는 하지 못한 담담한 고백을 하려고 애썼다. 가끔 SNS에 쓴 글들을 보고 내 글이 좋다고 해주신 분들 덕에 용기를 낼 수 있었고 그런 모두에게 고맙다는 말을 전하고 싶다. 농담을 쓰고 무대에 오르는 나는 매번 첫 시도가 가장 설레고 긴장된다. 작가가 되고 싶은 건 아니지만 앞으로 기회가 될 때마다 글을 쓰고 싶은 나는, 나의 첫 책을 세상에 내놓는 일이 마치 내가 처음 무대에 올랐던 그때와 비슷하다고 생각했다. 모든 시작은 의미 있다. 그 의미 있는 시작에 관객으로 와주신 여러분을 진심으로 환영한다. 마음껏 즐겨 주시기를 바란다.

1막

이런 삶에도 희망이란 게 있다면

어린 시절 60줄 요약

나는 경상남도 진해라는 곳에서 태어났다. 삼 면이 산으로 둘러싸여 있고, 나머지 한 면은 바다를 보고 있어서 포근하면서도 고립된 듯한 인상을 주는 이 도시는 그런 장점 때문에 해군 기지와 사관학교가 들어섰다고 했다. 터널 두 개만 터뜨리면 다른 도시로의 이동이 거의 불가해지므로 작전상 유리한 곳이기도 하다. 고등학교를 가기 전까지 그 터널을 드나드는 일조차도 드물었고, 고등학교도 그 터널을 지나면 곧 나오는 곳으로 다녔으므로 나는 20년 가까이 그 작은 도시에서만 살았다. 어렸을 적 꿈은 과학자였는데, 당연하게도 실제로 과학자를 본 적은 없었다. 그 흔한 공장이나 연구소 하나 없는 작은 도시였고 내가 알고 있던 과학자는 만화 속에서 주인공이 필요로 하는 요긴한 도구나 로봇을 만들어주는 사람들이 전부였다. 사실 과학자를 꿈으로 삼은 것은 내 또래 초등학생 중에 공부는 좀 하지만 딱히 개성은 없는 아이들(대개 안경을 쓰고, 과학 만화를 읽는다)을 예비 과학자로 낙점하고 추천하는 사회적 분위기가 있었기 때문이었다. 다른 꿈으로는 농부, 만화가 정도가 있었고 가끔은 친구들이나 선생님들께 '너 개그맨 해도 되겠다.'라는 말을 듣곤 했다.

개그맨? 과학자보다 더 비현실적인 직업처럼 느껴졌다. 나는 친구들을 웃기는 걸 좋아했다. 하지만 그뿐이었다. 또래 친구들처럼 학교를 마치면 학원에 가고 태권도장에 다녔다. 만화와 게임을 좋아했고, 친구들이랑 바보 같은 장난들을 쳤다. 엄마, 아빠는 어릴 적부터 쭉 맞벌이를 하셨기 때문에 집에 오면 보통 할머니가 계셨다. 할머니와 있을 때 주로 했던 일은 할머니 얼굴 앞에서 방귀를 뀌는 일이었다. 그러면 할머니는 보통 내 엉덩이를 찰싹 때리시고 "이놈의 손아!" 하면서 화를 내셨는데, 나는 그 반응이 재미있었다. 그리고 그때부터 누나들이 오기 전까지 TV 리모컨은 내 차지가 되었고 주로 만화를 보았다. 더 늦게 누나들이 와서는 심야 예능 프로를 보았다. 나는 만화를 계속 보고 싶었지만, TV는 한 대뿐이었고 누나들을 이길 방법은 도무지 없었기 때문에 자연스레 예능을 강제 시청했다. 유재석과 강호동과 신동엽이 나왔다. 보다 보니 재미있었다. 조기 교육된 예능식 화법과 유행어를 다음 날 학교에서 써먹었고, 친구들과 나는 깔깔거리며 하루를 보냈다. 중학교 3학년, 집에 누워 계시던 할머니가 아프다고 하셨다. 원래 여기저기 아프다고 하셨기 때문에 그런가 보다 했는데, 며칠 뒤에 할머니는 입원을 하셨다. 태어나서부터 쭉 같이 살았는데, 그런 할머니가 집에 계시지 않았다. 암이랬다. 그 후로 몇 달을 고생하시던 할머니는 벚꽃이 지던 어느 봄날에 세상을 떠나셨다.

그때부터 보이지 않던 것들이 보이기 시작했다. 즐거운 줄로만 알았던 우리 집은 형편이 아득한 집이었다. 어릴 때부터 아빠의 연이은 사업 실패로 생활이 어려웠는데 막내에겐 좋은 것만 보여주려던 가족들의 노력이 그제야 눈에 든 것이었다. 철이 들기 시작했다. 하하호호 노는 것도 좋지만, 지금은 그럴 때가 아닌 것 같았다. 뭘 할 수 있을까 생각해 봤는데 용기도 없고 할 줄 아는 게 공부밖에 없었던 나는, 내가 할 수 있는 일을 하기 위해 연필을 쥐었다.

중학교 때까지는 공부를 곧잘 하는 편이었던 나는 고등학교 공부에 대한 막연한 두려움을 느꼈고, 고교 첫 모의고사에서 언어 60점, 외국어 50점, 수리 30점을 받았다. 어느 중학교에서 1등을 하고 왔다는 친구, 과학고에 거의 붙을 뻔했다는 친구들을 보며 지레 겁을 먹었고 내신 성적 또한 바닥을 쳤다. 그나마 할 줄 아는 게 공부밖에 없었는데 그마저도 제대로 못 하니 답답했다.

　그 무렵 읽은 책이 하나 있었다. 박철범의

<하루라도 공부만 할 수 있다면>. 작가와 이름도 비슷한 와중에 처지도 비슷했고, 책 속에서 성적이 좋지 않았던 저자가 일련의 노력을 통해 서울대 공대와 고대 법대에 합격하는 것을 보면서 나도 그렇게 해봐야겠다고 생각했다. 읽은 지 15년이 지났지만 아직도 기억나는 내용들이 있다. '공부보다 재미있는 걸 안 하면 공부가 제일 재미있다.' '매일 공부하는 건 다람쥐 쳇바퀴 도는 듯한 일같지만 결국 결과를 만드는 건 그런 시간이다.' '꿈이라는 건 거울 속의 나와 같다. 내가 한 발짝 가면 그쪽도 한 발짝 다가온다.' 어떻게 하면 달라질 수 있을까 고민하던 나는 책에 쓰여진 대로 살았다. 고2 무렵엔 아침에 눈 떠서 잠들기 직전까지 머릿속을 공부 생각만으로 채웠다. 아침에 머리를 감을 때 그날 공부 계획을 세웠다. 등교 길이나 급식을 먹는 중에도 계속 영단어를 외웠고, 수업 중에 조금이라도 다른 얘기가 나오면 서랍에서 수학

문제를 꺼내 풀었다. 노는 걸 그렇게도 좋아했던 나는 친구들과 얘기는커녕 인사도 잘하지 않았다. 몇 달을 그렇게 살았다. 그리고 고등학교 2학년 2학기 중간고사에서 전교 1등을 했다. 두 달 뒤 기말고사에서도 1등을 했다. 여전히 천재들인 친구들이 많았고 과목 하나하나 따져보면 내가 1등이 아니었던 것도 많았지만 그전에는 괴물로 보이던 친구들이 이제는 그저 나와 비슷한 학생들로 보였다. 물론 삶은 한두 번의 성취로 대단히 달라지진 않지만, 할 수 있다고 믿고 간절하게 노력하면 원하는 바를 이룰 수 있다고 믿게 됐다.

어떻게 하면 달라질 수 있을까 고민하던
나는 책에 쓰여진 대로 살았다.

고3 때는 어쩐지 공부가 손에 잘 잡히지 않았다. 지치기도 했고 머릿속도 복잡했다. 그 시기의 꿈은 의사가 되는 것이었다. 의사가 된다면 멀리 오지에서 의료 봉사를 하다가 죽고 싶었다. 모르긴 몰라도 그런 삶이 평범한 직장에 들어가는 것보다 더 인상적이고 멋있을 것 같았다. 하지만 이기적인 꿈이었다. 좋지 못한 형편에 한 학기 등록금이 700만 원에 육박하는 의대에 가서 10년에 가까운 과정을 모두 끝내고 결국 하고 싶은 게

봉사하다가 죽는 거라니, 내가 죽기 전에 부모님께서 화병으로 앓아누우실 것 같았다. 그리고 전교 1등을 했어도 의대에 가려면 그보다 훨씬 더 공부를 잘해야 했다. 교실과 기숙사를 오가며 책만 들여다보던 고3의 시간은 순식간에 흘러갔다. 대학 수시 모집에 지원해야 할 시기에는 의대에 갈 수 있는 가능성이 별로 크지 않아 보였고, 공대를 가서 그만큼 의미 있고 재미있는 일을 찾아야겠다고 생각했다. 내가 대학에 지원했던 2010년 무렵에는 입학사정관제가 막 생기고 있었고, 단순히 성적의 합산보다는 성적의 추이나 가능성, 잠재력을 더 중요하게 보는 분위기였다. 1학년 때보다 3학년 때 성적이 월등히 좋았던 나에겐 이득인 상황이었다. 여러 대학을 찾았지만 가능성을 따져 추리다 보니 결국 딱 한 군데만 지원했다. 어딘가에서 우연히 학교 홍보 책자를 봤는데 그 대학교는 다른 곳과는 달라 보였다. 모든 강의를 영어로 진행하고, 과학기술을 중점적으로 다루며, 풍부한 장학제도에, 무엇보다 설립된 지 얼마 되지 않아 사람들이 잘 모른다는 게 어쩐지 멋있어 보였다. 원래 사람들이 안 하는 걸 쫓는 나로서는 최적의 선택지였다.

몇 달이 흘러 수능 날이 되었다. 1교시는 열심히 치렀으나, 수리와 외국어는 불수능일 거라는 전문가들의 예상대로 너무나도 어려웠고 긴장한 탓인지 그 체감은 더욱 컸다. 결국 몇 문제는 아예 살펴보지도 못했다. 수능을 모두 마치고 나오니 어둑해진 11월의 가을 하늘 아래로 찬 바람이 휭 하고 불어왔다. 시원하기도 하고 허무하기도 한 묘한 감정을 안고 친구들과 함께 버스를 탔다. 한참 가는데 기분이 조금 이상해서 친구들보다 두 정거장 일찍 내렸고, 터덜터덜 걷다 보니 눈물이 주륵 흘렀다. 완전히 망했다. 친구들과 말도 안 하고 1년 반을 넘게 공부만 하며 보냈는데, 이렇게 허무하게 끝날 줄이야. 아무래도 재수해야 할 것 같은데 그것도 마음이 편치만은 않을 것 같았다. 복잡한 머릿속을 '그래도 일단 끝났다'는 감정으로 겨우 정리하고 집으로 향했다. 누나가 고생했다고 반겨주었고, 가채점을 하고는 친구들과 놀러 나갔다. 집에 돌아오는 게 마음이 편하지 않을 것 같아서 친구 집에서 논다는 핑계로 영호네 집에서 잠을 잤다. 아마 잘 때도 눈물이 좀 났던 것 같다. 다음날 학교에서 만난 친구들은 수능 얘기로 한창이었고, 벌써 재수 얘기를 하는 무리가 있길래 거기에 자연스레 꼈다. 그때 2학년 담임이셨던 키무류 센세(일본어 담당이신 김진환 선생님)께서 나를 불러내셨고, 공부하느라 핸드폰을 없앤 나를 대신해 우리 엄마로부터 연락을 받았다고 하셨다. 수시 지원했던 대학에서 연락이 왔는데 서류 합격을 했으니 면접을 준비하라는 내용이었다. '됐다!' 눈앞이 깜깜했는데, 한 가닥 희망이 보였다. 학교

장 추천 전형으로 먼저 그 대학에 합격한 낙타(친구)에게 여러 도움을 받았고, 수학과 과학 선생님들께도 조언을 구했다. 나는 면접에 자신 있는 편은 아니었다. 단기간에 내신, 수능 성적을 올리기 위해 혼자서 문제집만 풀며 공부해 왔으니 깊이 있는 지식을 요구하는 수리, 과학 논술에는 전혀 대비가 되지 않은 상태였다. 하지만 면접 당일 학교에 갔을 땐 마치 내가 다녀야 할 곳은 바로 여기라는 듯이 학교가 길을 열어주었다. 수학 면접에선 들어가기 직전에 본 내용이 문제로 나왔고, 과학 면접도 내가 자신 있게 답할 수 있는 (몇 안 되는) 주제가 문제로 나왔다. 이어진 인성 면접 분위기는 따뜻하기만 했다. 문제를 100% 풀진 못했지만, 내가 가진 것의 100% 이상을 보여준 것만은 확실했다. 면접을 보는 동안 학부모 캠퍼스 투어를 다녀온 엄마는 학교가 정말 좋다고 말씀하셨고, 나는 엄마와 함께 집으로 돌아오는 차 안에서,

이 학교에 붙는다면 정말 열심히 할 거라는 얘기를 했다. 이번에는 입시를 마친 고3의 홀가분한 마음으로 일주일을 보냈다. 최종 합격 발표가 예정된 날, 느지막이 등교한 나와 친구들은 학교 채플 건물에서 소방 교육을 들었다. 나는 학교 수업 중에 구입한 지 얼마 되지 않은 스마트 폰을 몰래 꺼내 합격자 조회를 했다.

'유니스트 합격을 진심으로 축하드립니다.'

그간의 노력이 결실을 맺는 순간이었다. 간절히 바라면 행하게 되고, 행하면 이룰 수 있다. 앞에선 소방 교육 강사님이 불조심을 거듭 강조하시는 중이었지만, 그때 내 마음에는 불꽃 비슷한 게 일었다.

2011년 2월의 마지막 주, 부푼 기대를 안고 유니스트 신입생 OT에 갔다. 마산 창신고에서 유니스트에 합격한 사람은 총 네 명이었는데 같이 버스를 타고 울산으로 향했다. 각자 조를 배정 받았고 3박 4일간 진행되는 OT 일정에 참여했다. 입학식부터 여러 교육과 캠퍼스 투어, 조별 장기자랑과 레크레이션 시간이 있었다. 특강 중 한 교수님이 나오셔서 '패러다임 쉬프트'에 관한 이야기를 해주셨다. 패러다임을 변화시키는 인재가 되어야

한다는 내용이었다. 지루할 수도 있는 내용이지만 모든 것이 새롭고 설렜기 때문에 흥미진진하게 들었다. 학과와 동아리에 관한 소개를 듣고 저녁을 먹었다. 저녁에는 조별로 장기 자랑을 준비해서 무대에 오르는 시간이 있었다. 어떤 조는 춤을 추고, 어떤 조는 당시 유행했던 드라마 '시크릿가든'의 명대사를 읊으며 꽁트를 했다. 오글거리지만 재미있었다. 그러다 어떤 조가 나왔는데 지금도 도무지 이해가 가지 않는 진기한 춤을 췄다. 음악이 나오다가 어떤 시그널이 나오면 엄지손가락만 흔들고, 또 어떤 부분에서는 팔만 흔들고 몸만 흔들고 하는 식이었던 것 같은데, 희한하지만 재미있었고 나뿐만 아니라 대부분의 학생이 비슷한 감정을 느끼고 있던 듯했다. 그걸 보던 나는, 나도 모르게 소리쳤다. "저게 패러다임 쉬프트네!" 주변에 있던 친구들이 깔깔거렸다. 그때 당시 교회를 열심히 다니던 나는 대학 생활 내내 술은 한 방울도 마시지 않았지만, 만취한 공대생들을 맨정신으로도 너끈히 웃길 수 있었다. 그렇게 내 삶의 전환점이 될 유니스트 캠퍼스 생활이 시작되었다.

봄의 캠퍼스는 따뜻하고 아름다웠다. 매일 저녁 동아리 모임과 OT 조 회식이 있었고, 신생 학교인 만큼 고작 09학번이 최고참 선배였지만 11학번 새내기였던 우리는 제대로 막내 대접을 받았다. 막내들은 돈을 내지 않았다. 어느 모임에서나 당시 인기 있던 파닭을 대접받으며 선배들의 이런저런 질문에 답했다. 주로 오가는 대화 주제는 전공에 관한 이야기였다. 1학년 때는 전공 없이 입학해서 기초 수학, 과학을 공부하고 2학년이 될 때

전공을 결정하는 것이 유니스트의 특징 중 하나였다. 한때 의사를 꿈꿨던 나는 의공학이나 생명공학 같은 걸 해볼까 한다며 막연히 답했다. 학생들 사이에서는 자연스레 소모임이나 동아리 등 창조적인 활동이 만들어졌다. 1학년인데도 벌써 대외활동이나 학과활동에서 리더 역할을 하며 영어부터 전공까지 잘 챙기는 친구들이 있었다. 반면 나는 그렇지 못했다. 다시 고등학교 1학년 때와 같은 위화감을 느꼈다. 과학고, 외고를 졸업하고 수학이든 영어든 능숙했던 친구들에 반해 나는 아무것도 자신 있는 게 없었다. 어떻게든 이해해 보려고 영어로 된 미적분학 교과서를 붙들고 도서관에 한참을 앉아 있어 봤지만 별로 나아지는 게 없었다. 어떤 친구들은 금세 과제를 끝내고 벚꽃 아래로 술을 마시러 떠났는데, 나는 그게 부럽고 한편으론 외로웠다. 그렇다고 다른 친구들과 놀면서 저녁이나 주말을 보내고 나면, 그 시간에 공부를 보충하지 못했다는 자괴감이 나를 덮쳤다. 학업도, 인간관계도, 연애도 무엇 하나 제대로 하는 것이 없었다. 확실한 목표가 사라진 느낌이었다. 교수님이나 선배들은 수업이 영어라서 어려운 게 아니라 아마 한국어였어도 못 알아들었을 거라 했고, 4년쯤 지나면 얼추 다 알아듣게 될 거라고도 했지만 이건 아니다 싶었다. '나는 뭘 하고 싶은 걸까?', '이 자신 없는 일을 평생 해야 한다면 그게 과연 행복한 삶일까?' 처음으로 방황을 했다. 그리고 2학년이 되는 해에, 나는 휴학했다.

2012년의 목표는 단 하나였다. 하고 싶은 일을 찾는 것. 그러기 위해서 다양한 경험을 해봐야겠다고 생각했다. 세 가지 계획을 세웠다. 첫째, 책을 많이 읽자. 둘째, 여행을 많이 다니자. 셋째, 사람을 많이 만나자. 운이 좋게도 진해에서 같이 교회에 다니던 창용이형이 서점 알바를 물려주었고, 그거라면 책도 가까이하고 돈을 모아서 여행도 가고 사람도 많이 만날 수 있는 좋은 기회가 되겠다 싶었다. 서점에서 일하는 건 그다지 어렵지 않았지만, 책을 입고하거나 정리하고 계산하다 보면 생각보다 여유는 없었다. 가끔 손님이 없으면 베스트셀러 칸에 있는 책을 빼 와서 읽곤 했는데, 서점 점장님은 카운터에서 책 보지 말라고 하셨다. 지금 생각해 보면 돈 받고 일하는 사람이 거기 서서 팔아야 할 책을 읽고 있는 게 잘못된 거지만, 그때의 어린 생각으로는 어차피 사람이 없을 때만이고 혹여나 누군가가 나를 보더라도 핸드폰을 보고 있는 것보단 책을 보고 있는 모습이 좋아 보일 것 같아서 점장님 몰래 책을 읽었다. 그 당시에 주로 읽었던 책은 광고인 박웅현이 쓴 책들(<인문학으로 광고하다>, <책은 도끼다> 등)이었는데 그게 아주 감명 깊었다. 나는 원래 괜히 상업적인 것에는 관심이 없었는데, 박웅현의 책을 읽으면서는 상업 예술의 정점에 있는 광고가 이렇게 사람의 마음을 파고들며 통찰을 줄 수도 있는 거구나 생각이 들었다. 광고는 과학 연구만큼 오래 걸리지도 않고, 대중들의 즉각적인 반응을 기대할 수 있다는 점도 마음에 들었다. 이것저것 관심사도 많고 공부도 좀 했으며 어릴 적부터 대가족과 살면서 사람에 대한 감각이 있는(?) 나로서는 어쩌면 광고 기획자나 카피라이터, 아트디렉터 같은 직업이 어울릴 수도 있겠다고 생각했다. 그때부터 광고와 관련된 책을 찾아봤다. 광고 천재 이제석, 빅앤트 박서원 등 멋져 보이는 사람들이 많았다. 투 트랙 전공이 필수인 유니스트에 복학한다면, 산업디자인과 경영(마케팅)을 복수 전공하고 광고인이 되어야겠다고 생각했다. 짬짬이 광고제나 공모전도 찾아보았다. 그 무렵에는 과외도 여러 개 하면서 돈을 꽤 모았다. 그러던 어느 날 문제가 생겼다.

원래 8월까지 돈을 모으고 남은 하반기는 해외여행을 다녀볼 작정이었던 나는 그동안 모았던 수백만 원의 목돈을 온전히 집안의 생활비로 헌납

해야 했다. 어려운 상황에서도 묵묵히 나를 키워 주시고, 언제나 좋은 것만 해주시려던 부모님이었기에 원망할 수는 없었다. 하지만 내 계획이 꼬인 것이 너무나도 아쉽고 그 상황 자체에 화가 났다. 여름쯤 계획대로 일을 관두었지만 통장에 30만 원밖에 남지 않아 방바닥에 드러누워 있던 나는 짜증 나는 감정을 억누르고 있었다. 그러다가 TV에서 방영되는 무한도전을 봤다. 너무 웃겼다. 한참을 웃다 보니까 내가 왜 기분이 안 좋았었는지가 생각이 나지 않았다.

살면서 처음으로 '웃음이라는 건 엄청난 거구나.' 생각했다. 깔끔하게 정리된 기분으로 이제 뭘 어떻게 할지를 생각했다. 당시 유니스트는 쿼터제(1년을 2학기가 아닌 4학기로 나눔)를 시행하고 있었으니 내년 봄이 아닌 그해 겨울학기 복학이 가능했다. 어차피 더 미룰 이유가 없어졌으므로 11월에 복학을 하기로 했다. 남은 30만 원으로는 어디라도 다녀와야겠다 싶어서 창용이 형과 제주도 자전거 일주를 계획했다. 9월쯤 제주도에 갔고 5만 원짜리 렌탈 자전거로 가로등 하나 없는 제주도 국도를 2박 3일쯤 달리다가 포기하고 중문에서 자전거를 반납했다. 20대 첫 해외(비행기는 탔으니까) 여행이었는데 뜻하지 않게 꽤 인상 깊었다. 그 이후로 대학 졸업 전까지, 창용이형과 제주도를 몇 번이고 더 갔다.

진해로 돌아와서 복학 전까지는 교회 청년부 활동을 열심히 했는데, 청년부가 교회 행사에서 꽁트 코너를 맡게 되었다. 나는 창용이형을 비롯한 교회 형들과 함께 꽁트를 준비했다. 그런데 그게 너무 재밌었던 거다. 준비하는 과정에서부터 서로 주고받는 농담이 죽겠다 싶을 만치 웃겼고 그러면서 형들과 더 가까워졌다. 그때 처음으로 '개그맨은 참 행복한 직업이겠구나.' 생각했다. 개그콘서트의 코너를 교회의 상황에 맞게 각색해서 준비했는데 우리 교회 사람들만 알만한 공감대도 있고 같이 준비한 형들이 죄다 웃긴 사람들이라, 행사 당일 분위기는 더할 나위 없이 좋았다. 학교 다닐 때 장기 자랑으로조차 꽁트는 해본 적이 없었기 때문에 처음으로 개그 무대에 서 본 것이었는데 엄청난 경험이었다. 그리고 복학의 시간이 다가왔다. 복학을 해서는 예정대로 산업디자인과 마케팅 전공을 신청하고 수업에 나갔다. 겨울학기 과목이 적어서인지 시간이 조금 남길래 동아리를 하나 만들어 보기로 했다. 당시 진로를 위해서 광고동아리를 만들지, 아니면 즐거웠던 교회 꽁트의 경험을 바탕으로 개그동아리를 만들지 고민했는데, 같이 닭 다리를 뜯고 있던 친구들이 개그동아리를 만드는 거 자체가 웃긴 것 같으니까 그냥 그걸로 하라길래 그렇게 하기로 했다. 생각해 보면 잘한 결정이었던 게, 후에 동아리 공연을 만들고 홍보하는 과정에서 광고와 관련된 모든 프로세스를 경험할 수 있었다. 결론적으로 두 마리 토끼를 다 잡은 셈이었다. 그렇게 전국 공대 최초이자 유일의 개그동아리 <개그의 발견>이 시작되었다.

개그의 발견이라 이름 붙인 것은 대부분의 웃긴 일들은 만들어 내는 것(발명)이 아니라 그냥 주변에 있는 것을 포착하는 것(발견)이라는 생각 때문이었다. 코미디를 업으로 삼고 있는 지금까지도 그 생각은 마찬가지다. 동아리에는 부원이 필요했다. 포스터를 만들고 커뮤니티에 글을 올려 부원 모집을 진행했는데 생각보다 많은 학생들이 지원했다. 실력자를 뽑는 절차는 아니었기에 대부분의 지원자가 합격했고 열 명이 넘는 사람이 모였다.

처음에는 조를 나누어 코너를 짜고 내부 시사를 진행했다. 그러다가 2013년이 되었고, 한 번 더 부원 모집을 거쳐 꽤 그럴싸한 인원이 모여 공연을 기획했다. 포스터를 만들고 홍보영상을 만들고 공대 유일이자 최초의 개그동아리 공연을 홍보한 결과, 첫 공연에 200명이 넘는 인원이 왔다. 전교생이 3천 명을 넘지 않고 한 학년에 700명이 되지 않으니 엄청난 관객 동원력이었다. 공연을 시작했고, 모든 관객이 배꼽을 부여잡고 빵빵 터졌다... 라고 말할 수 있었으면 좋았겠지만 분위기는 그저 그랬다. 대부분의 친구가 수줍음이 많았고 나를 비롯해 모두 경험이 아주 적었기 때문에 엄청난 퍼포먼스를 보였던 다른 동아리들(댄스부나 연극부 등)에 비해서 아쉬운 공연을 했다. 그럼에도 우리가 처음으로 무언가 만들어냈다는 사실이 뿌듯하고 즐거웠다. 그 이후로 공연을 할 때마다 매번 관객이 줄어갔지만 다양한 시도를 했고 의미가 있었다. 졸업 전까지 여러 공연을 했지만 아직까지 생각 나는 건, 당시 개봉한 뮤지컬 영화 <레미제라블>과 초대 총장이신 조무제 총장님의 성함을 합쳐서 지은 <조무제라블>이라는 공연이었다(내심 총장님께서 반응해 주시길 기대했으나 그러진 않으셨다). 풍자 목적은 아니었지만, 죄수들마냥 학교에 갇혀 과제만 하는 우리들의 모습을 해학적으로 풀어내고 싶었다. 두 번째 공연에서는 바람잡이 겸 MC를 맡았다. 그리고 깨달았다. 마이크를 들고 무대에 서는 건 생각보다 훨씬 재미있고 매력적인 일이라는 걸.

박철현을 팝니다

미리 내용을 구상하고 연습을 거듭한 끝에 무대에 오르는 꽁트와는 다르게 준비된 멘트 일부를 가지고 순발력 있게 상황에 대응해야 하는 MC는 그것만의 특별한 매력이 있다. 나는 낯가림이 심하고 평소에는 군중 속에 숨어서 드립이나 치기 좋아하지, 스스로 순발력이 뛰어난 편은 아니라고 생각했다. 하지만 무대에 올라 마이크를 들고 있으면 어떻게든 상황을 모면 해야 한다는 긴장감에 평소보다 더 나은 재치를 발휘했고, 분위기가 올라 사람들이 깔깔대며 웃기 시작하면 나도 모르는 내 모습이 튀어나왔다. 그건 살면서 겪어본 것 중에 가장 짜릿하고 즐거운 경험이었다. 마이크를 드는 즐거움을 느끼기 시작한 나는 한 학기에 한 번 있는 개그동아리 공연만으로는 부족하다는 생각이 들었다. MC라는 역할에 관심이 생겨 인터넷에 이것저것 찾다 보니 국민 MC 유재석은 고교 시절부터 교내 축제 MC를 맡았다고 했다. 축제 진행이라니… 언젠가는 나도 꼭 해보고 싶었다. 특유의 추진력이 발동한 나는 당장 페이스북에 이런 글을 올렸다. '박철현을 팝니다.' '공연, 행사 MC 자리가 있으면 불러주세요. 무료로 달려갑니다.'라는 내용이었다.

그해 겨울쯤 아카펠라 동아리에서 연락이 왔다. 경영관 로비에서 진행되는 아카펠라 공연이었고 초대를 받은 나는 열심히 진행했다. 그리고 산타가 선물을 넣어줄 것 같은 수면 양말 한 켤레를

사례로 받았다. 고작 양말을 받았냐고 물을 수 있지만 첫 행사를 진행한 나에게는 너무나도 뜻깊고 값진 선물이었다. 애초에 경험을 위한 일이었는데 선물까지 주다니. 게다가 생각지 못한 수확도 있었다. 공연을 보던 학생 한 명이 자신은 기숙사 자치회의 일원이라며 연말 파티의 진행자로 나를 섭외하고 싶다는 거였다. 그날 진행에 가장 확실하고 고마운 피드백이었다. 며칠 뒤 연말 파티에 진행자로 간 덕분에 나는 겨울 동안 몇 건의 행사를 더 진행할 수 있었다. 학생이 많지 않은 학교였기에 공연이나 행사를 즐기는 인원은 비슷했다. 어떤 행사에선 참가자였던 학생이 다른 행사에서는 기획자거나 공연자였다. 소문은 금세 퍼져나갔다. 개그동아리 회장이 MC를 보러 다닌다더라 그런데 진행하는 걸 보니 꽤 좋았다더라 하는 소문이었다. 교내에서 크고 작은 행사가 있을 때마다 불려 다니기 시작했다. 이쯤 되니 이 일로 먹고살 수도 있지 않을까 하는 생각이 들었다. 무대 아래에서는 여전히 많이 부족한 대학생이지만, 마이크를 들고 무대에 서면 모두의 주목을 받는 MC였다. 후자의 삶을 살아보고 싶었다. 교회에서 처음으로 꽁트를 하며 참 행복하겠다 싶었던 '코미디언'을 내 직업으로 삼아보고 싶어졌다. 가족들에게 말하면 싫어할 것 같았는데, 옆에서 듣던 둘째 누나는 '그 재밌는 걸 왜 안 하냐?'라고 했고 엄마는 본인이 교사가 되지 못한 걸 아직까지도 후회한다며 젊을 때는 일단 해봐도 좋지 않겠느냐고 했다. 가족들의 응원을 등에 업고 다시 휴학계를 냈다. 그리고 당시 한국에서 코미디를 하며 살 수 있는 가장 확실한 길이었던 공채 개그맨에 대해 찾아봤다. 인터넷을 검색해 보니 극단에 들어가서 배워야 한다는 말이 있었고, 찾아본 결과 한 군데가 눈에 띄었다. 서울에 있는 극단은 아니지만, 숙식이 제공되고 가히 한국 코미디의 근본이라 할만한 원로 코미디언 밑에서 배울 기회가 있는 곳이었다.

경상북도 청도라는 아주 뜬금없는 곳에, 게다가 시내도 아니고 한참을 더 들어가야 나오는 풍각면에는 중국집 철가방 모양을 한 극장이 있다. 이름하여 전유성의 철가방 극장. 개그콘서트를 만들고 개그맨이라는 단어까지 만든 원로 코미디언인 전유성 선생님께서 운영하시는 극장인데, 공연도 배달이 된다는 뜻에서 극장 모양을 철가방으로 만들었다고 했다. 부푼 기대를 안고 2014년 새 학기가 시작되는 봄날 어느 저녁에 극장을 찾아갔고, 단원분들과 인사를 나눴다. 그리고 숙소로 쓰이는 이층집에 가서 군대에서 볼법한 3단 매트를 깔고 잠을 잤다. 그다음 날부터는 단체 생활이 시작됐다. 숙식이 무료라지만 이를 도와주는 사람이 따로 있는 것은 아니었고, 매달 정해진 금액에 맞춰서 단원들이 직접 장을 보고 요리해서 점심과 저녁 식사를 해결했다. 공연이 있는 시간에는 각자의 역할에 맞춰 무대에 오르거나 스탭 일을 분담했다. 전유성 선생님을 비롯한 선배들이 후배들에게 미션(자기소개, 코너 검사 등)을 주거나, 아니면 공연을 가까이서 보고 일을 거들며 도제식으로 배우는 방식이었다. 개그 용어부터 마음가짐, 연기나 발성, 모든 것이 다 생소했던 나는 하나씩 배워가는 게 새롭고 재미있었다. 워낙 외진 곳에 있으니 젊은 관객이 많지는 않았지만 전유성 선생님의 독보적인 아이디어(일단 극장이 철가방 모양) 덕에 멀리서 찾아온 관객들이 꾸준히 있었다. 전문가들이 초빙되어 가르치러 오거나 다른 공연의 VIP석에 초청받아 가는 등의 좋은 기회도 많았다. 그러나 나는 두 달이 채 지나지 않아 그곳을 나왔다. 단체 생활이 잘 맞지 않았다. 개그계에 깊이 자리한 기수 문화는 별다른 가혹행위가 없었음에도 질서 유지를 위해 모난 행동을 하지 못하게 하고 들뜬 모습을 보여서는 안 되는 환경을 만들었다. 군대를 다녀오지 않은 나는 군대 생활이 익숙한 선배들이나 형들 사이에서 삐걱거렸고, 작은 행동 하나라도 지적받으면 이내 의기소침해지기 일쑤였다. 신이 나서 시작한 코미디가 즐겁지 않았다. 지금 생각해 보면 얼마 지나지 않아 자연스레 적응하고 더 많은 것을 배울 수 있었을지 모르지만, 그때의 나는 버티지 않는 쪽을 선택했다. 전체적인 분위기와는 별개로 동기들과 선배들이 나를 신경 써주고 챙겨주었지만, 아쉽고 미안하게도 나는 다시 학교로 돌아가기로 했다.

대철 선배가 <창문 넘어 도망친 100세 노인>이라는 책을 선물로 줬고, 규황 선배가 짬뽕을 사 먹이고 오토바이로 배웅해 주었다. 그때 동기로 만났던 동하형과 종찬이형은 몇 년 후에 서울에서 다시 만나 현재까지 스탠드업 코미디를 함께 하고 있다.

코미디언이 되겠다고 선언한 후로 엄마가 전제하셨던 조건 두 가지는 대학은 졸업하자는 것과 서른 살까지 자리 잡지 못하면 관두자는 것이었다. 나도 이번에는 정말로 하고 싶어서 시작한 일이지만, 재능이 없고 깜냥이 안되면 늙을 때까지 붙들고 있을 생각은 없었다. 극단을 나왔지만 짧게나마 그때 배운 것들을 적용하고, 더 자유롭게 내 방식대로 공연과 MC 일을 지속하며 우선은 공채 개그맨이 되는 걸 목표로 삼았다. 그 무렵

만우절마다 치던 장난이 있었는데, KBS 공채 개그맨 지원서를 캡처해다가 페이스북에 '공채 개그맨 합격했습니다.' 하고 올리는 것이었다. 불쾌하고 당황스러운 만우절 장난보다 희망과 가능성을 담은 장난이 더 좋을 것 같았기 때문이었다. 그런데 아차 싶었다. 주변 사람 모두 내가 진짜 공채 개그맨이 되었길 바랐나 싶을 정도로 엄청난 축하 댓글과 메시지가 돌아왔다. 사실은 만우절 장난이라고 답하면서도 머쓱하고 미안했는데, 교회 집사님들과 목사님은 그 이후로도 만우절 장난인지 모르고 '역시 될 줄 알았다.'라며 뵐 때마다 축하해주셨다. 그때마다 감사하다고 말씀드리고 돌아서서 회개했다. 그리고 다음 해에 또 했다. 또 낚이신 교회 분들은 '하나님의 은혜'라고 말씀하셨고, 나는 또 하나님께 회개했다. 하지만 그러면서도 언젠가 꼭 꿈을 이뤄서 잘못 알고 계신 게 아니게끔 만들어 드리리라 다짐했다. 휴학생인 상태로 학교를 오가며 개그 공연도 열심히 했고, MC 경험을 조금이나마 더 해보고자 돌잔치와 결혼식 사회 알바도 시작했다. 알바 사이트를 조금만 찾아보면·MC 회사에서 낸 공고들이 있는데, 가장 기초적인 MC 알바이자 견습생들의 무대가 바로 돌잔치였다. 대학교에서 진행을 하면 학교 공감대나 인터넷 밈 같은 것도 순발력 있게 내뱉기 좋았는데, 1살부터 90살까지 진행자보단 식사에 집중하는 돌잔치 행사는 여간 어려운 게 아니었다. 춤까지 춰가며 노력했지만 대체로 분위기가 좋은 경우는 잘 없었다. 지금 내가 생각해 봐도 23살의 여드름 난 공대생이 나비 넥타이를 하고 하나도 공감 가지 않는 말들로 진행을 하고 있으면 재미있기보단 안쓰럽지 않을까 싶다. 하지만 이번에는 쉽게 관두지 않았다. 마이크 쥐고 할 수 있는 경험이라면 하나라도 더 해야 한다고 생각했고, 이런 어려운 경험마저도 나중에는 분명히 피가 되고 살이 될 거라고 생각했다.

2막
미친 척 하고 용기 내 볼 것

몇 개월 후 나는 복학했고, 학교에서는 굵직한 행사들도 맡았다. 한번은 댄스동아리 <유턴>의 공연에서 진행을 맡게 되었다. 울산대학교 댄스 동아리가 와서 찬조 무대를 했고, 그중 한 여학생이 커다란 링 귀걸이를 무대에 떨어뜨리고 갔다. 이어 무대에 오른 나는 그걸 주워다가 "733(울산대와 유니스트를 잇는 노선) 버스 손잡이 놓고 가셨는데요?"라고 했고 사람들이 웃었다. 또 유니스트에는 <유니크>라는 응원동아리가 있는데,

학교 대항전이 자주 있는 편도 아니고 응원전을 선보일 무대가 많지는 않다 보니 매해 응원제를 진행했다. 그 행사도 여러 해 진행을 맡았다. 축제 다음으로 큰 규모의 행사라 외부에서 무대나 음향, 조명 업체가 와서 무대 진행을 도왔다. 한번은 응원제를 한창 진행하고 있는데 찬조 무대를 위해 울산으로 오고 있던 카이스트 응원동아리가 교통 상황 때문에 도착을 못 하고 있다는 연락을 받았다. 1시간이 넘게 별다른 콘텐츠나 경품 없이 메워야 했다. 자신 있게 무대에 오른 나는 다른 학교 응원단들과 인터뷰를 하기도 하고, 대항 게임을 진행하기도 했다. 그리고 이벤트로 나간 경품들을 학교 중고 거래 커뮤니티에 올리면 반드시 잡아내겠다는 둥 이런저런 이야기를 하다 보니 시간은 금세 지나갔고 행사를 문제없이 마무리할 수 있었다. 마무리 되어가는 무대를 아래서 지켜보고 있던 나에게 음향 감독님이 와서 현업에 있는 MC들보다 잘한다며 칭찬을 해주었다. 10년이 지났지만 아직도 기억에 남는 고마운 말씀이었다. 시간이 지나 오랫동안 꿈꿔왔던 유니스트 대학 축제 MC도 할 수 있었다. 수백 명, 어쩌면 천 명쯤 되는 축제 참가자 앞에서 마이크를 들고 진행하다니. 연예인들이 다녀가는 무대라서 나 역시도 설렘이 있었고 들뜬 분위기 속에서 진행을 했다. 역시나 반응이 좋았다. 내 기분도 좋았다. 그 이후로도 축제 진행은 두세 번 더 맡을 수 있었다. 그러면서 MC가 무대의 주인공이 아니라는 것도 느꼈고, 진행자로서 무엇을 더 신경 써야 하는지를 배웠다.

　나름대로 커리어를 쌓아가고 있다는 생각도 들었지만 한편으로는 힘든 점도 많았다. 처음에 교내에서 많은 행사를 할 수 있었던 것은 학교가 좁아 행사에 참여하는 인원이 특정하기 때문에 다음 행사로의 연결이 쉬웠기 때문이기도 하다. 하지만 그게 독이 되기도 했다. 겹치는 관객 앞에서 진행을 하고 게임을 할 때면, 매번 동일한 레퍼토리만 할 수는 없으니 언제부턴가 준비하는 과정이 부담으로 다가왔다. 주위에 조언을 구할 선배조차 없으니 더 그랬다. 바쁠 때는 수업을 듣고 과제를 하다가 공연장에 뛰어가서 진행하고, 되돌아와 밤새 조 모임을 하는 일도 잦았다. 다른 팀원들은 말은 안 했지만 속으론 불만이 있었을지도 모르고, 그런 생각을 하니 스트레스가 되었다.

대학교에 다닐 때는 창신고에서 유니스트로 진학한 선배, 동기들과 종종 모임을 가졌는데 그 중 정우형이 내 무대를 보며 '스탠드업 코미디를 해도 잘할 것 같다.'라는 말을 했다. 당시에 나는 크리스 락이나 루이 CK가 하는 스탠드업 코미디 영상을 몇 번 봤을 뿐 관심은 없었기 때문에 고맙다곤 했지만 귀담아듣진 않았다. (오히려 그때는 외국의 스탠드업 코미디의 소재가 지독하고 불쾌하다고 생각했다. 지금의 나는 언급한 코미디언들을 배울 점 많은 레전드들이라고 생각하는데, 그때의 나를 생각하면 스탠드업 코미디를 처음 접하는 사람들의 진입 장벽이 이해가 되기도 한다.) 그러다 시간이 지나서 코난 오브라이언이 다트머스 대학교에서 졸업 축사를 하는 영상을 보게 되었는데, '이렇게 멋있고 웃긴 동시에 메시지까지 전달하다니!' 하며 감탄을 금치 못했다. 그게 꼭 스탠드업 코미디는 아니었지만 스탠드업 코미디의 문법과 형식을 차용한 축사였고 내가 가진 해외 코미디에 대한 진입 장벽을 부수기에 가장 적당한 영상이었다. 찾아보니 코난쇼라는 TV쇼를 진행하는 호스트라고 했고, 그때는 코난 오브라이언처럼 되고 싶다고 생각했다. 개그동아리를 계속했지만 주변에 개그맨이 되려는 친구들도 없었고, MC는 무대의 주인공이 아니라는 생각을 하고 나니 나도 나만의 쇼를 만들고 싶었다. '미래의 토크쇼 호스트, 멋진데?' 막연하게 생각만 하고 있던 차에, 함께 제주도 자전거 일주를 갔던 창용이형과 만나 수다를 떨다가 같이 문화기획을 해보면 어떨까 하는 이야기가 나왔다. 여전히 잡다한 것에 관심이 많던 나는 행사를 기획해서 호스트를 할 수도 있겠고, 코난이 하버드에서 하버드 램푼이라는 유머 매거진의 편집장을 맡았던 것처럼 잡지를 발행할 수도 있겠다 싶었다. 하고 싶은 것 많고 재능도 많은 형준이가 합류하면서 <키획사>가 시작되었다. 처음 생각과는 살짝 달랐지만 청춘들의 이야기를 담은 소소하고도 재치 있는 잡지 <우리얘기>를 발행했다. 2015년 9월에는 <박철현의 관람 불가>(관람하지 말고 함께하자는 뜻)라는 뮤직토크쇼를 기획하고 진행했다. 이후에 새로운 멤버들이 합류하면서 다양한 활동이 계속되었다. 잡지는 3호까지 나왔고, 우리는 여러 청년 행사에 참여했다. 우리 잡지를 좋게 본 지형이와 윤재 형이 자신들이 만든 글쓰기 앱 <쏨>의 출판 프로젝트를 함께 하자고 제안했고, 책 출간에 이어 북토크까지 진행했다. 문화기획이라는 새로운 일을 통해 얻은 경험과 아이디어들은 이후에도 나에게 좋은 영감이자 역량이 되었다. 하지만 또 다른 고민이 들었다. 나는 MC가 되고 싶은 것일까, 개그맨이 되고 싶은 것일까, 아니면 강연가나 기획자가 되고 싶은 것일까. 밸런스를 잘 잡아나갈 필요가 있어 보였다.

다양한 활동과 학업을 병행하다 보니 어느덧 대학교 졸업을 1년 남짓 앞두고 있었다. 4학년 1학기 디자인과 수업은 LG전자와의 산학 협력 프로젝트로 진행되었다. 이제 곧 학교를 졸업하고 사회에 나가 내가 꾸던 꿈에 더욱 집중할 수 있겠다는 생각에 힘든 밤샘 과제들도 너끈히 이겨낼 수 있었다. 산업디자인 과목의 대부분은 시험이 아닌 제품 발표로 대체됐는데, 특별히 산학 협력 프로젝트는 대기업 본사에 직접 가 임직원분들 앞에서 발표를 진행해야 했다. 우린 몇 주 동안의 결과를 가지고 서울로 향했고, MC일과 다른 벌려놓은 일들로 과제에 더 적극적으로 참여하지 못했던 나는 발표를 맡았다. 기존 제품들의 보완할 점을 조사하고 연구한 일련의 발표가 이어졌고, 대망의 프로토타입(제품 모형)을 공개해야 할 시점이었다. 뭐라도 인상을 주고 싶었던 나는 쓰고 있던 페도라 모자에서 마술사처럼 프로토타입을 꺼냈고, 프로젝트 관계자분들과 담당 교수님이 웃었다. 까불기는 했으나 잘했는지는 알 수 없었던 발표가 끝나고 교수님과 수업에 참여한 학생들이 다 함께 식사했는데, 그때 교수님이 말씀하셨다. '너 발표 재밌더라. 나중에 인턴하고 싶은 마음 있으면 추천해 줄게.' 말씀을 듣고도 나는 의아했다. 나보다 더 잘한 친구들이 많았는데 마술 좀 보여드렸다고 이런 말씀을 해주시다니 교수님도 보통 분은 아니시구나 싶었다. 하지만 대기업에 취직하는 건 관심 없는 일이었기에 나는 교수님께 말씀만이라도 감사하다며 웃어넘겼다. 그런데 나중에 알고 보니 졸업을 하려면 연구실에서든 회사에서든 인턴을 한 번 해야한다는 것이었다. 부리나케 교수님을 찾아가 인턴을 시켜달라고 했다. 교수님은 조금 난처한 표정이셨지만, 결국 약속을 지키셨고 나는 여의도에 있는 LG전자 본사에서 여름 인턴을 하게 되었다. 코미디언이 꿈인 내가 대기업 인턴이라니⋯ 그래도 이왕 하게 된 거 열심히 하기로 하고, 인턴 기간에는 서울대 대학원에 다니던 영호네 자취방에 얹혀 지내기로 했다. 수능을 망친 나를 재워줬던 그 영호였다. 역시나 새로운 경험은 즐거웠지만 또 쉽지 않았다. 함께 인턴을 했던 성현이는 제품 디자인에 진심인 친구였고, 관련된 경험이나 퍼포먼스 면에서 비교되기 일쑤였다. 나중에 알게 된 사실인데, 성현이는 퇴근하고 근처 카페에서 밤새 프로젝트를 준비한 후에 잠도 자지 않고 다음 날 출근을 한 적도 있다고 했다. 반면에 나는 즐겜 유저였다. 구내식당에서 점심을 먹으며 '대기업은 밥도 잘 나오는구나!' 하며 감탄했고, 퇴근 시간이면 불이 꺼져버리는 사무실을 보며 '생각보다 근무 환경이 좋네!'라는 생각도 했다. 퇴근하고 집에 도착하면 금세 9시가 넘어버렸고 다음 날 7시에는 일어나야 했으므로 매일이 피곤했다. '직장인들은 도대체 어떻게 저녁 회식도 하고 자기 계발도 하면서 살아가는 걸까?' 싶었다. 이후에 코미디언으로 생활고를 겪으면서 몇 차례 직장 생활을 하긴 했지만 그 생각은 여전하다. 대한민국의 모든 직장인에게 경의를 표한다.

4학년 1학기에 같이 조모임을 했던 웅재가 여름 인턴이 끝날 무렵 미국에 여행을 가자고 했다. 나는 졸업 학기를 마쳐야 해서 안 된다고 했지만, 계속 마음에 걸렸다. 대학 시절 동안 제대로 된 해외여행 한번 못했는데 마침 인턴을 마쳐서 목돈도 생겼겠다 지금 안 가보면 아쉬울 것 같았다. 그리고 교칙을 살펴봤는데, 7번 결석을 하면 F라는 것이었다. '추석을 끼고 3주간 다녀오면 5번 결석인데?' 하는 생각이 들었고, 비행기 표를 끊어버렸다.

무모한 여행이 시작되었다. 사실 이 여행의 디렉터는 웅재였고 나는 숟가락만 얹었다. 웅재의 계획은 이랬다. 라스베이거스에서 출발해서 그랜드캐니언, 다시 위쪽으로 돌아 요세미티와 캘리포니아 지역을 돌고 아메리카 대륙을 횡단하여 시카고와 나이아가라를 경유한 후에 뉴욕에서 일정을 마무리한다. 차로 미국 서부에서 동부까지 가로지르는 3주간의 여정이라니 생각만 해도 멋진 여행 같았다. 부푼 마음을 안고 미국으로 떠났다. 마지막 학기라 수업은 3개밖에 없었기 때문에 이메일로 과제만 잘 제출하면 될 것 같았다. 비행기 일정상 먼저 LA 도착한 나는 처음으로 혼자서 외국 게스트하우스에서 하루를 묵었다. 영어는 잘되지 않았지만 같이 숙소에 있던 외국인 여행객들과도 이야기를 나눴다. 시차 때문에 잠이 잘 오지 않았던 나는 새벽 6시쯤 숙소를 나와 근처에 있는 엘 세군도 해변으로 산책을 갔다. 새벽인데 조깅을 하는 사람들이 있었고, 그들은 눈이 마주칠 때마다 활짝 웃으며 손을 흔들어 주었다. 차들은 멀찍이서부터 횡단보도에 다가서는 나를 보고 한참을 서서 기다려 주었다. 처음에는 어색했으나 그런 모습이 멋있고 여유로워 보였다. 바다에 도착하니 끝없이 펼쳐진 캘리포니아의 수평선이 보였다. 너무나도 자유롭고 속이 탁 트이는 기분이었다. 셀카를 몇 장 찍고 밤에 오기로 한 웅재를 맞이하기 위해 라스베이거스로 날아갔다. 늦은 저녁 도착한 웅재와 만나 렌터카 회사를 찾아갔고 SUV 한 대를 빌렸다. 우릴 응대하던 여직원에게 우린 뉴욕까지 갈 거라고 했고, 그녀는 우리의 당찬 포부에 흑인 특유의 리액션을 동반해 한껏 놀라고 응원해 주었다. 우린 잠도 자지 않고 쏟아지는 서부 사막의 별들 사이를 가로질러 그랜드 캐니언으로 향했다. 산도 건물도 없으니 저 멀리 지평선 끝에서부터 모든 밤하늘이 별들로 뒤덮여 있었고 마치

우주를 달리는 기분이었다. 도착한 우리는 주차를 하고 그랜드 캐니언을 뛰어 올라갔다. 커다란 순록이 우릴 맞이해주었고 절벽 끝에 도착한 우리는 협곡을 비추는 찬란한 일출을 봤다. 모든 게 다 잘될 것만 같았다.

결론부터 말하자면 첫 5일 정도를 제외한 여행 일정 내내 우리는 싸웠다. 열전과 냉전이 반복됐다. 그도 그럴 것이 웅재는 완벽한 계획형 인간에다가 이번 여행을 일종의 도전으로 생각했는데, 나는 여행에 있어서는 특히나 무계획에다가 이번엔 졸업 전 휴가를 즐기러 왔다고 생각했기에 더욱 그랬다. 웅재는 하루에 수백에서 수천 킬로미터를 운전했고, 나는 조수석에서 꾸벅꾸벅 졸았다. 밤에는 곰이 나올 것 같은 산속이나 도시 외곽의

슬럼가 같은 곳에 차를 대고 차박을 하곤 했는데, 하루 종일 운전한 웅재는 곯아떨어졌고 나는 보초라도 서야겠다는 불안감에 잠을 이루지 못했다. 웅재는 새벽 5시부터 다시 운전을 했고, 나는 그때부터 부족한 수면을 보충했다. 악순환은 반복됐다. 웅재는 나를 조수석에 실린 짐짝 취급했고, 나는 웅재를 화장실도 안 들르는 악질 운전자라고 비난했다. 분명히 그랬는데도 지금 돌아보면 좋은 기억이 대부분이다. 실제로 좋은 상황에서만 사진을 찍어서 기억나는 게 그뿐인 영향도 있을 것이다. 웅재가 계획한 여행이라 대부분 웅재가 원하는 루트로 이동했는데 음악에 관심이 많았던 웅재는 LA 다저스타디움에서 비욘세 콘서트를 보기도 했고, 라스베이거스에서는 머라이어 캐리, 그리고 아델과 보이즈투맨 등 도시마다 유명한 가수의 공연을 일정에 맞춰 보러 다녔다. 나는 그때마다 차를 지키고 있었는데 물론 그조차도 재미있었다. 자기 위주의 여행이 되는 게 미안했는지 웅재가 나에겐 가고 싶은 데가 없냐고 물었고, 나는 코난쇼를 보고 싶다고 했다. 인터넷을 뚝딱뚝딱하던 웅재가 방청 신청을 했다고 했고, 얼마 지나지 않아 답신이 왔다. 무슨 요술을 부린 건지 실제로 코난쇼 방청 티켓에 당첨됐고, 우리는 LA 일정 사이에 워너브라더스 스튜디오에 들렀다. 꿈에 그리던 롤모델과의 만남이라니 너무나도 설렜다. 녹화가 시작되었고, 코난이 등장했다. 현장 분위기는 뜨거웠다. 다 알아듣지는 못했지만 모놀로그와 스케치 코미디, 게스트 토크 등으로 이루어진 쇼는 신기하고 재미있었다. 사실 공연이 아니라 방송 녹화를 위한 방청이다 보니 기대한 만큼 코난의 매력을 엿볼 순 없었지만 정확한 시간에 정확한 역할을 하고 퇴장하는 그의 모습이 어쩐지 더 프로 같아 보였다. 나는 더 바랄 게 없다고 했다. 마지막 날에는 뉴욕의 가장 유명한 코미디 클럽인 <코미디

셀러> 간판 앞에서 사진을 찍었다. 영어에 조금 더 자신이 있었다면 용기 있게 공연을 관람 했겠지만 다음을 기약하기로 했다.

　　나는 웅재보다 며칠 먼저 한국으로 돌아왔고, 졸업에 필요한 마지막 전공과목에서 쫓겨났다.

호기롭게 떠났던 여행에서 미처 생각하지 못한 것이 있었다. 바로 교수님이었다. 마지막 졸업 학기 전공 수업 담당 교수님은 결코 만만한 분이 아니었다. 내가 볼 땐 그다지 학생들에게 관심이 있거나 수업에 의욕 있는 분은 아니었는데 어쩌다가 내가 없어진 걸 알게 되셨다고 했다. 그리고 노발대발 화를 내셨고, 내가 돌아와서 참석한 첫 수업에서 "끝까지 들어도 F를 줄 테니 드랍하라."라고 하셨다. 미국에서도 과제를 제출했기 때문에 다른 두 수업은 이후에 문제없이 출석했고, 하나는 A 학점을 받기까지 했는데, 그 필수 과목 교수님은 괘씸죄까지 적용해서 절대로 졸업시키지 않겠다고 하셨다. 날치기로 졸업해 볼 심산이었으나 이런 분위기라면 어쩔 수 없겠다 싶어 수업을 드랍했다. 졸업이 1년 미뤄졌다. 인생이 1년 미뤄진 기분이었다. 하지만 그전에도 학업에 뜻은 없었고, 하고 싶은 일을 쭉 병행해 왔으니 1년의 시간을 어떻게 잘 채우면 좋을지 고민해 보기로 했다.

항상 버킷리스트에는 있었지만 내가 해보지 못한 한 가지 일이 떠올랐다. 바로 붕어빵 장사였다. 고등학교 때 석봉토스트 대표님이 학교로 강연을 오신 적이 있었는데, 처음 노점에서 토스트를 팔면서 친절하게 웃고 사람들을 대하다 보니 어느새 손님이 늘어나 결국 프렌차이즈 대표까지 되었다는 전설적인 이야기를 들었다. 그 후로 나는 장사를 한 번은 해보고 싶었다. 코미디언으로 살게 되면 앞으로 장사를 해볼 일은 없을 것 같아서 바로 실행에 옮겼다. 결심은 했으나 아무래도 붕어빵 마차를 사고 재료를 구비하려면 수백만 원의 목돈이 들 테고 어쩌면 좋을지 생각했다. 그러다 우연히 집어 든 교차로 신문지에서 자기네 회사의 재료를 쓰기만 한다면 마차와 기자재는 모두 무료로 대여해주겠다는 업체의 광고를 보았다. 당장 전화를 걸었고, 일주일도 지나지 않아 장사를 시작할 수 있었다. 학교 뒤 몇 안 되는 식당 중 하나인 할매집에 몇만 원 남짓한 자릿세를 내고 자그마한 공간을 얻었다. 그리고 유니스트 가막못에 풀어진 999마리의 잉어 이야기에 착안하여, 자유를 찾아 떠난 1마리의 잉어라는 스토리로 브랜딩을 꾸몄다. 이름하여 <가막잉어빵>. 장사는 대박이었다. 그도 그럴 것이 학교 캠퍼스가 워낙 외진 곳에 있어서 학교가 건립된 2009년 이래 단 한 번도 붕어빵 마차가 교내에 들어선 적이 없었기 때문이다. 개교 8년 만에 들어선 후문의 붕어빵 가게에는 저녁 시간마다 학생들의 줄이 끊이지 않았다. 수업이 끝난 오후 4시부터 밤 10시까지 운영했고, 페이스북으로 운영 일정을 홍보했다. 서늘해진 10월의 공기에 어울릴만한 가을 노래를 틀기도 했고, 11월에는 캐롤을 틀었다. 가끔 여유가 생겨 붕어빵 기계 틈새로 멍하니 가스 불을 바라보고 있으면 괜히 마음도 편안해졌다. 매일 6시간, 팔이 부러져라 붕어빵을 구웠고 학생들의 반응은 식을 줄 몰랐다. 심지어는 수년간 교내에서 MC를 했을 때보다 단 두 달간의 붕어빵 장수로 더욱 유명해졌다. 하지만 재료와 제품 단가 때문인지 아무리 구워도 시급 1만 원을 넘기기 어려웠고 11월 말부터 가막골 산자락에 위치한 캠퍼스의 칼바람은 내 통통한 발가락을 얼리고도 남을 정도였다. 그리고 내 꿈은 코미디언이지 붕어빵 계의 박새로이가 아닌걸. 지속할 이유는 없었다. 겨울 방학이

되자 후배들이 마차를 물려받았고, 몇 년이 지나
또 다른 이름으로 학생들이 운영하는 붕어빵 마차
가 들어섰다 했다. 나는 뭐든지 문을 여는 역할은
잘하는 사람인 것 같았다.

나는 뭐든지 문을 여는 역할은
잘하는 사람인 것 같았다.

이 글을 쓰는 2024년에 한국에서 스탠드업 코미디를 시작하는 것은 생각보다 간단하다. 주로 서울에서 열리는 일반인들을 위한 오픈마이크 무대에 신청하면, 5분의 기회가 주어지는데 여러 코미디언의 농담을 참고하여 셋업(웃음을 일으키기 위한 전제)과 펀치라인(웃음 포인트)으로 이루어진 농담을 짜고 무대에 오르기만 하면 된다. 분명히 망할 것이다. 그러면 집에 와서 조금 울다가 포기할지 다음 주에 한 번 더 가볼지 결정한다. 다음 주에 한 번 더 가보기로 했다면 안 웃긴 부분(처음이라면 아마 대부분)을 덜어내고 조금이나마 사람들의 입꼬리를 씰룩거리게 한 문장들을 살린다. 다음 주가 되면 더 나아진 농담과 함께 무대에 오르고 또 망한다. 이걸 몇 주 혹은 몇 달간 반복하면 7분 정도는 창피당하지 않고 내려올 자신감이 생긴다. 그러면 조금 더 여러 무대에 오르고, 일주일에 1회 정도였던 공연이 2~3회로 늘어난다. 그걸 계속 반복하면 처음에는 5분이었던 농담이 10분이 되고 언젠가 15분 이상 혼자서 사람들을 웃길 수 있게 될 것이다. 거기까지가 레귤러(코미디 클럽에서 정기적으로 무대에 오르는) 스탠드업 코미디언으로 성장하는 과정이다. 나는 5년 이상 하고 나서야 고작 몇 농담이 인정받는 수준에 이르렀지만, 지금 새로 시작하는 친구 중에 오히려 더 재능 있고 아이디어가 신선한 사람들이 많다고 느낀다. 하지만 얼마나 오래 버티는지가 더 중요하다.

　　스탠드업 코미디는 재능도 중요하지만 오랜 시간 다듬고 담금질하는 게 더 중요한 장르라고 생각한다. 다시, 2016년 말로 돌아가 보자. 당시 한국에서는 스탠드업 코미디라는 용어도 생소했고, 그걸 직업 삼으려는 나조차도 스탠드업과 스탠딩 코미디를 혼용해서 쓰고 있었다(스탠딩 코미디는 명백히 틀린 용어다). 오픈마이크 무대는 당연히 없었다. 그나마 강연으로 유명한 김창옥과 김제동이 내용에 유머와 풍자를 녹여내는 것이 한국어로 하는 스탠드업 코미디에 가까운 느낌이었다. 그렇게 이 장르를 아무도 시도하지 않았을 때 노란머리에 수염이 인상적인 한 코미디언이 TV에 나와 마이크를 들었다. 바로 유병재였다. <말하는 대로>라는 강연 프로그램에 출연한 그는 특유의 풍자적인 시각으로 농담을 했는데 그게 꼭 스탠드업 코미디 같았다. 이후에도 다른 방송에 나와 스탠드업 코미디 공연을 준비하고 있다고 했고, 나는 그를 꼭 한번 만나보고 싶었다. 하지만 일개 대학생인 내가 그를 만날 가능성은 희박해 보였고, 나는 그저 졸업하고 뭐 할 거냐는 사람들의 질문에 답할 때나 그를 언급하곤 했다. "유병재가 TV에서 마이크 들고 웃기는 거 봤어? 나 그거 하려고. 스탠드업 코미디." 졸업을 1년 정도 앞둔 그때 나는 교내에서 MC뿐만 아니라 강연할 기회도 있었는데 그럴 때마다 앞서 언급한 코난과 유병재, 김창옥, 김제동 등의 영상을 참고하며 나름대로 농담의 형식을 띤 강연을 시도했다. 그러다 2017년 2월, 당시 요조, 김어준 등의 강연 영상으로 유명했던 <청춘 페스티벌> 주최사에서 일반인들을 대상으로 강연 오디션을 진행한다는 공고를 보았다. 우승자에게는 바로 그 <청춘 페스티벌>에서 강연할 기회가 주어진다고 했다. 스탠드업 코미디 오디션은 아니었지만 웃긴 강연으로 유명해질 기회였다. 그해 오디션의 주제는 '인생 졸라 마이웨이' 였는데 어쩐지 공대에서 코미디언을 꿈꾸며 사는 내 인생과 잘 맞을 것 같았다. 나는 내 다채로웠던 대학 생활을 정리해서 포트폴리오 형식의 지원서 를 만들어 제출했다. 며칠 뒤 답신이 왔다. <골든 마이크> 예선 진출을 축하드린다는 내용이었다. '헉, 됐구나.' 이후 며칠간 고심해서 강연을 준비했 다. 당일이 되어 발표 7분, 질의응답 3분의 짧은 도 전을 위해 진해에서 서울로 편도 5시간이 넘는 거 리를 이동했다. 발표 장소는 종각역에 위치한 사 옥이었다. 서울의 젊은 회사는 이런 분위기구나 감탄하며 사무실을 둘러보다 내 차례가 되어 발 표를 위해 회의실에 들어갔다. 시간은 금세 지나 갔고 발표는 떨렸으나 준비한 걸 모두 마쳤다. 결 과에 확신은 없었지만 후련한 마음으로 다시 고향 에 돌아올 수 있었다. 예선 진출자는 30명쯤 되었 는데, 그중 단 10명만이 본선에 진출할 수 있었다.

다시 또 며칠을 기다렸다. 그리고 메일이 왔다. '<골든마이크> 본선 진출을 축하드립니다.' '이럴 수가! 이러다가 진짜 우승까지 하는 거 아니야?' 하는 부푼 꿈을 안은 나는 며칠 뒤 본선 무대에 올랐고 우승은커녕 준우승조차 하지 못했다. 그래도 멋진 경험이었다. 나보다는 살아온 삶의 깊이가 훨씬 깊은 사람들의 강연이 높은 점수를 받았고, 나는 나름대로 웃음과 메시지를 주기는 했으나 솔직한 내 얘기를 하기보다 여러 강연을 참고해서 그럴듯한 구성을 만드는 데에 더 신경을 쓴 바람에 청중들에게 가닿지 못한 것 같았다. 본선 참가 이후에 얻은 두 가지가 있는데, 첫 번째는 사람들이다. 함께 오디션에 참가한 강연자들과 그때의 인연으로 여러 가지 협업을 해보고 지금까지도 서로 응원하는 사이가 되었으니 그것만 해도 큰 수확이었다. 다른 한 가지는 바로 <청춘 페스티벌> 입장권이었다. 무대는 서지 못해도, 영상으로만 봐온

그 자리에 직접 가서 느껴보는 건 좋은 경험이 될

것 같았다.

　　나는 그곳에서 내 인생에 가장 극적인 만남

을 갖게 된다.

5월의 어느 날, <청춘 페스티벌>은 20대 청춘들의 활기로 가득했다. 다양한 부스에서 미니 게임과 무료 음료 등이 제공되었고 나는 신이 나서 드넓은 행사장을 이리저리 헤집고 다녔다. 매 순서 유명한 연예인들이 나와 강연, 토크, 음악으로 무대를 채웠다. 낮에는 김영철, 넉살 & 던밀스가 차례로 나와 강연과 토크를 했는데 래퍼 던밀스가 특유의 엉뚱한 말들로 좌중을 터뜨렸다. 볼빨간사춘기가 나와서 당시 차트를 휩쓸던 노래들을 불렀고, 소란이 무대에 올라 노래와 율동으로 모든 청중의 참여를 끌어냈다. 단점도 있었다. 워낙 넓은 공간에서 돗자리를 펴고 간식을 먹으며 거의 누워서 보는 무대이다 보니, 강연할 때는 전혀 집중이 안 됐다. 야외에서 마이크를 드는 건 힘든 일일 수도 있겠구나 싶었다. 그래도 나는 밤이 될 때까지 자리를 지켰다. 꼭 보고 싶은 순서가 있었다. 페스티벌 라인업 마지막에 등장하는 가장 유명한 사람을 헤드라이너라고 부르는데 그날 청춘 페스티벌의 헤드라이너는 내가 그토록 만나보고 싶어 했던 유병재였다. 몇만 명이 오는 행사이니 말을 걸긴 어렵겠지만, 그의 무대를 직접 볼 수 있어 기대되었다. 저녁 8시가 되자 드디어 그가 올라왔다. 노랑머리에 까만 수염은 멀리서 봐도 눈에 띄었다. 작은 체구였지만 특유의 여유와 매력이 뿜어져 나왔다. 마이크를 들고 청춘들이 공감할 만한 유머와 농담을 선보였다. 몇십 분의 시간이 지나고, Q&A 차례가 되었다. 수천, 수만 명이 자리에 앉아 있었고 묻고 싶은 게 있는 사람은 손을 들어 직접 질문하는 식이었다. 나는 떨렸지만 용기를 내어 바로 손을 들었다. 처음으로는 앞쪽에 계신 분이 지목을 받았고 그분과 일행은 유병재의 팬이었는지 마침 또 그날 생일이었던 그를 위해 케이크를 전달하고 축하 노래를 불렀다. 이어서 다음 질문자를 지목할 차례가 되었다. 나는 자리에서 거의 반쯤 일어나서 "저요!" 하고 외쳤다. 그와 눈이 마주쳤다. 그는 "저기 남자분" 하며 나를 지목했다. 스탭이 전해준 마이크를 받아 들고 떨리는 마음으로 입을 열었다. "저는 공대를 다니고 있는 박철현이라고 합니다. 저도 유병재 님처럼 훌륭한 스탠드업 코미디언이 되고 싶은데, 혼자 하려니 쉽지 않습니다. 혹시 조언을 좀 해주실 수 있을까요?" 나의 물음에 그가 답했다. "저는 사실 스탠드업 코미디언은 아니고, 저도 이렇게 저렇게 시도해 보고 있는데 한국에서 쉽지 않은 건 사실인 것 같아요. 지금 당장 해드릴 수 있는 말씀은 없을 것 같고, 혹시 괜찮으시면 연락처를 주고받고 얘기 나눠보면 어떨까요?" 그 말을 들은 나는 얼떨결에 알겠다고 감사하다 답을 하고 자리에 앉았다. 주변에서는 부러움을 담은 탄성과 박수 소리가 들려왔다. '뭐지, 방금 따로 보자고 하신 게 맞나…?' 정신이 미처 채 들기도 전에 소속사 관계자로 보이는 누군가가 나에게 와서 명함을 내밀었다. YG엔터테인먼트라고 적혀 있었다. 매니저님이신가보다 했다. 정말로 얼떨떨했지만 동시에 기뻤다. 두근거렸다. 상상이 현실이 되었다. 내가 만나고 싶었던 사람과 실제로 만나게 되다니. 세상에 말도 안 되는 일이란 건 없었다. 집으로 돌아가는 발걸음은 더할 나위 없이 가벼웠다. 나는 이 사실을 여기저기 자랑했고 SNS에도 올렸다. 페이스북 메신저로 유병재 님과 연락하여 만날 약속을 잡았다. 그런데 나에게 명함을 주신 분과도 또 따로 약속을 잡았다. '유병재 님을 만나게 해주려고 매니저님이 명함을 주고 가신 게 아닌가? 왜 또 따로 약속을 잡지?' 알고 보니 그는 매니저가 아니었다. YG 코미디 기획팀의 팀장이라고 했고 명함 아래 적힌 이름은 훗날 코미디 씬에서 가장 핫한 기획사 <메타코미디>의 대표가 될 '정영준'이었다.

두근거렸다.
상상이 현실이 되었다.
내가 만나고 싶었던 사람과 실제로 만나게 되다니.
세상에 말도 안 되는 일이란 건 없었다.
집으로 돌아가는 발걸음은 더할 나위 없이 가벼웠다.

청춘 페스티벌에 다녀왔을 무렵 나는 기획사를 같이 하던 창용이형과 함께 울산 성남동의 한 지하 문화공간을 빌려서 스탠드업 코미디 단독 공연을 진행했다. <일상의 작은 통찰>이라는 이름의 쇼는 친했던 밴드의 오프닝 공연을 합쳐 매주 1시간 정도씩 총 4주간 진행되었다. 사실 스탠드업 코미디에 관해 아무것도 아는 게 없어서 할 수 있었던 용감한 기획이었다. 외국 코미디언들은 1시간짜리 스페셜을 내는데 처음엔 거의 5~10년 가까이 걸린다. 5분 정도의 농축된 농담들을 하나씩 쌓아가다가 어느 정도 티켓파워가 생기고 인정받는 단계까지 이르러야 스페셜이라 부르는 1시간짜리 단독 공연을 하는 것이 일반적이다. 나는 일종의 연설에 가까웠던, 검증조차 되지 않은 이야기들을 스탠드업 코미디랍시고 4주간 진행했다. 결과는 처참했다. 매 공연에는 5명 내외의 지인들이 찾아와주었는데, 관객 수가 문제는 아니었다. 참 감사하고 소중한 분들이지만 대체로 재방문이 많았고, 겹치는 내용을 할 수는 없어서 후반 1~2주는 전혀 준비되지 않은 채로 올라가서 떠들다가 와주신 분들께 감사와 사과의 인사를 전했다. 마치고는 관객분들과 함께 뒤풀이를 갔기 때문에 친해지기도 했고 워낙 좋은 사람들이었기 때문에 그들이 나쁜 말을 한 적은 없었다. 하지만 지금 내가 그때의 내 공연을 봤다면 반드시 한 소리 했을 것이다. 관객에게 실례되는 무대는 절대로 하면 안 된다. 이 실례라는 건 관객에게 욕을 하거나 놀리거나 웃음거리 삼는 것과는 다른 얘기다. 무대라는 이름을 걸고 준비되지 않은 공연을 선보여서는 안 되는 것이고, 코미디라는 이름을 걸고 웃기지도 않은 스피치나 해서는 안 된다는 것이다. 하지만 나에게 그 도전은 유의미했다. 우선 청춘 페스티벌 이후 얼마 지나지 않아 만나게 된 정영준 팀장님은 나에게 어떤 것들을 하고 있는지 물었고, 그보다 조금 더 이후에 만난 유병재 님도 비슷한 질문을 했다. 그때마다 나는 매주 단독 공연을 열고 있다고 그럴싸하게 답변할 수 있었다. 정영준 팀장님은 합정에 위치한 YG 엔터테인먼트 앞으로 나를 불렀고, 그 유명한 YG 사옥에 들어가 보는 건가 했던 나는 그 건물 앞에 있는 카페에서 그를 만날 수 있었다. 코미디에 관한 이야기를 했고 더 자세히는 무슨 이야기를 했는지 잘 기억나지 않는다. 다만 그가 코미디에 진심이라는 것만은 확실히 알 수 있었다. 그때는 물론, 7년이 지난 지금도 꽤 자주 보게 될 얼굴일 거라고는 생각하지 못했다. 시간이 흘러 5월 말, 서울에 일정이 있어서 방문하게 된 나는 드디어 유병재와 만날 수 있었다. 상수역 근처의 어느 어둑하고 분위기 있는 술집에서 만난 우리는 맥주와 토마토 스튜를 시켰다. 만나고 싶었던 사람을 실제로 만나서 이야기 나눴다. 내 꿈을 말할 때면 항상 언급되던 그 사람에게 내 꿈에 관한 이야기를 했다. 덩치가 크거나 위압감을 주는 인상이 아닌데도 아우라가 느껴졌다. 내가 그를 연예인으로 봐서 그랬는지 아니면 어떤 일에 진심인 사람만이 가질 수 있는 기운 같은 것이었는지는 모르겠다. 그럼에도 소탈하고 친절했다. 화면으로 보던 것보다 훨씬 좋은 사람 같았다. 코미디에 관한 이야기를 하고, 서로를 응원했다. 그렇게 몇 시간을 보낸 뒤에 그는 나를 위해 택시까지 잡아주었다. 그것이 이후로도 나에게 수도

없이 잘해줬던 그와의 첫 만남이었다. 꿈 같은 순

간이었다.

시간은 흘러 어느덧 8월, 병재 형은 서울에서 <블랙코미디>라는 이름의 첫 스탠드업 코미디 단독 공연을 개최한다고 했다. 초대를 받은 나는 홍대 롤링홀로 향했다. 뜨거운 여름 홍대 거리는 젊은 사람들의 활기로 가득했다. 공연장 앞에는 유병재와 그의 코미디를 실제로 본다는 사실에 들뜬 사람들이 문전성시를 이뤘다. 소박하기 그지없는 나의 공연과는 확연히 비교되는 모습이었다. '나도 언젠가는 이렇게 관객들을 줄 세우는 사람이 될 거야…'라는 생각을 하며 한국 최초의 스탠드업 코미디 스페셜을 보기 위해 공연장으로 들어갔다. 특유의 위트와 재치로 공감을 유도하고 세태를 풍자하는 코미디는 퀄리티 있고 인상적이었다. 마지막에는 화이트보드에 적힌 몇 가지 에피소드를 들려주고는 그걸 지우는 상황을 이용해서 펀치라인을 던졌는데 그게 아주 임팩트 있었다. 공연이 끝난 후에 인사를 하고 돌아온 나는 '아, 공연은 이렇게 만드는 거구나.' 하는 생각을 했다. 그리고 얼마 지나지 않아, 1년이나 미뤄진 졸업 학기가 시작되었다. 산업디자인과를 졸업하기 위해서는 졸업 작품을 만들고 졸업 전시회를 진행해야 하는데, 한 학기 동안의 프로젝트를 통해서 4년 간의 대학 생활의 정수가 될 만한 작품을 하나씩 디자인하고 1~2주간 전시회를 가진 후에 졸업한다. 사실 나는 그리 큰 욕심은 없었다. 디자이너가 될 생각은 전혀 없었기 때문이었다. 그래서 홍보영상

삼아 전시회에 참가하는 인원을 한 명씩 인터뷰하며 유머를 섞은 영상을 만들었는데, 오히려 그게 더 재미있었다. 이번에는 작년과 다른 담당 교수님과 진지하게 상담하며 그럴싸한 작품을 디자인했는데, 언제든 휴대할 수 있고 어디서든 공연을 할 수 있는 육각기둥 형태의 마이크 및 앰프 세트였다. 나는 그보다 졸업 작품 삼아 개인적인 프로젝트를 하나 진행했는데, 그게 바로 나만의 스탠드업 코미디쇼를 만드는 것이었다. 병재 형의 <블랙코미디> 공연을 레퍼런스 삼아 나의 스탠드업 코미디 졸업 공연인 <아웃사이더>를 기획했다. 당시 개그동아리를 함께 했던 동생들이 홍보 영상을 찍는 데 도움을 주었고, 키획사를 함께 했던 형준이와 또 다른 후배들의 도움을 받아 학교 대강당에서 공연을 열 수 있었다. <일상의 작은 통찰>을 진행하면서 겪은 어려움은 새 공연을 만드는데에 좋은 양분이 되었고, 몇 주간의 준비 끝에 약

1시간가량의 농담 세트를 준비할 수 있었다.

당일 100여 명의 관객과 함께 나의 졸업 공연은 시작되었다. 당연하게도 매 순간 웃기지는 못했지만, 그래도 지금까지도 내가 애정하는 몇 가지 농담들을 탄생시킨 경험이고, 듬성듬성이지만 관객들의 웃음소리도 과분할 만큼 받았다. 긴장감에 집중한 탓인지 리허설을 했을 때보다 15분 정도 일찍 끝나버린 공연에 당황했지만 와주었던 지인들은 재미있는 시간이었다며 앞으로의 활동을 응원해 주었다. 그 공연이 끝난 후에 나는 용감무쌍하게도 45분짜리 공연 영상을 유튜브 채널에 그대로 올렸다. 몇백 명이 보고, 시간이 지나 영상은 1천회 정도의 조회수를 기록했다. 초라하기 그지없는 조회수지만 나름대로 의미 있다고 생각했다. 그중 1회의 조회수는 내 인생을 다음 단계로 이끌어 줄 중요한 사람의 것이었다. 영상을 올린 지 얼마의 시간이 지나 인스타 DM을 하나 받게 되었는데 정중한 말투였다. 생긴지 얼마 되지 않아 보이는 스탠드업 코미디 소개 페이지 계정이었는데, 내 <아웃사이더> 영상의 일부를 페이지에 공유해도 되는지 여부를 묻는 말이었다. 나는 알아봐 준 것만도 고마웠기 때문에 당연히 가능하다고 답을 했고, 이어서 스탠드업 코미디를 계속할 계획인지를 물어왔다. 그렇다고 답하고, 관리자님도 공연을 하는 분이신지를 묻자 그가 정체를 순순히 털어놓았다. 자신은 KBS 공채 개그맨인 정재형이며 다음 주부터 서울에서 정기 공연을 열고자 한다는 것이었다. 개그콘서트의 마지막 전성기에서도 꽤 유명했던 코너인 <우주라이크>에서 중심 역할을 한 신인 개그맨이었다. 내가 그전에 들었던 소문에 그는 공채 시험에서 썼던 대본과 캐릭터를 그대로 인기 코너에 쓰게 된 대단한 신인이었다. 반갑기도 하고 놀랍기도 해서 나는 팬이라고 인사했다. 그는 스탠드업 코미디를 함께 할 사람들을 찾고 있는데, 나도 그중 한 사람이라고 말해주었다. 감사한 말이었다. 졸업 학기가 끝나면 서울로 올라가서 공연을 보러 가겠다고 답했다.

사실 나는 그리 큰 욕심은 없었다.
디자이너가 될 생각은 전혀 없었기 때문이었다.
그래서 홍보영상 삼아 전시회에 참가하는 인원을
한 명씩 인터뷰하며 유머를 섞은 영상을
만들었는데, 오히려 그게 더 재미있었다.

3막
인내심을 갖고 버티다 보면

졸업 공연과 전시를 모두 마친 나는 서울로 향했다. YG에서 영준이 형과 규선이 형을 만나서 이제 뭐 할 거냐는 이야기를 들었고, 나는 정재형이라는 개그맨에게 연락받았다는 이야기를 했다. 영준이 형은 스탠드업 코미디를 정기적으로 하려는 사람들이 있다는 사실에 흥미를 가졌다. 며칠 뒤 나는 정재형이 이야기한 <스탠드업 라이브 코미디쇼>를 보기 위해 혼자서 서울 홍대에 위치한 <공간 비틀즈>를 찾아갔다. 티켓을 받고 있던

SBS 공채 개그맨 출신의 김민수가 나를 '연예인 보는 것 같다'라며 반겨주었고, 키가 엄청나게 크지만 어딘가 인간미 있어 보이는 이용주가 반갑게 인사를 해주었다. 당시 한국에서 '스탠드업 코미디' 키워드로 검색을 하면 나오는 사람이 몇 없었는데, 그중 하나였던 손동훈이 관객으로 와 있어서 인사하고 함께 공연을 보았다. 처음인 만큼 서툰 면도 있었지만 셋이 한국 최초의 스탠드업 코미디 정기 공연을 만들고 무대를 채워내는 모습이 너무나도 멋있고 대단했다. 공연이 끝난 후에 나는 그들과 술자리를 가졌다. 병재 형과 영준이 형을 만났다는 사실을 이야기했고, 영준이 형이 이 공연에 관심을 보였다는 이야기도 했다. 그랬더니 형들은 '일이 커지는 거 아닌가.'라며 기뻐했다. 며칠 후인 2018년 1월 1일, 우리는 정재형의 신길동 자취방 앞에 위치한 <그린김밥세상>에서 떡국을 시키고 정식으로 자기소개를 나눴다. <스탠드업

라이브 코미디쇼>의 네 번째 멤버가 되는 순간이었다. 그 후로 우리는 매일 신길 집에서 만나, 공연에 관한 회의를 했다. 함께 넷플릭스 코미디 스페셜을 보기도 하고, 공연 계획과 홍보 계획을 세웠다. 나는 디자인과를 졸업한 실력으로 새로운 시즌의 포스터와 티켓을 만들었다. 이어서 내가 처음으로 <공간 비틀즈> 무대에 선 날, 영준이 형과 병재 형은 우리 공연을 보러 왔다. 나는 호스트를 맡았는데 나의 공연 역사상 가장 망친 무대를 선보였다. 그도 그럴 것이 관객으로 단 두 테이블이 와있었는데 하나는 병재 형, 영준이 형과 팀원들이었고, 다른 하나는 개그맨 김기리 형과 그의 동료들이었다. 사실상 무대보다 객석 라인업이 더 좋았다. 더 이상 나에게 호의적이기만 한 유니스트 학생 관객이 아닌 사람들 앞에서 내가 우물 안 개구리였다는 사실을 완전히 자각하는 시간이었다. 공연이 끝난 후에 영준이 형은 미국 LA에서

17년간 코미디를 하다가 최근에 한국에 와있다는 한 코미디언의 이야기를 꺼냈다. 다음 주, 그 교포 코미디언은 영준이 형과 함께 우리 공연에 왔다. 공연이 끝나고 우리는 그와 인사를 했고, 그는 자신을 대니 초라고 소개했다. 스탠드업 코미디의 본산에서 십수 년간 무대를 해 온 그와의 대화에서 우린 많은 질문을 했다. 우리가 잘 하고 있는 것인지 확인받고 싶었고, 성의껏 답변을 해주던 그는 어느 순간부터 말을 아꼈다. 자신의 퍼포먼스를 보여주지 않고서는 우리에게 하는 조언이 의미가 없을 거라는 그의 생각 때문이었다. 바로 다음 주 공연에서 특별 게스트로 무대에 오른 대니 초는 무대를 완전히 찢어놓았다. 저게 스탠드업 코미디구나 바로 알 수 있는 순간이었다. 그는 우리의 스승이 되었다. 그 후로는 같이 공연을 하며 무대를 만들어갔다. 전보다는 훨씬 나아졌지만, 우리는 아직도 무언가 부족하다고 느꼈다. 다섯 명이 공연을 계속하는 것도 좋겠지만, 멀리 가려면 사람이 더 필요했다. 우리는 오픈마이크를 개최했다. 짧은 5분 내외의 농담을 시험해 볼 수 있는 일반인들의 무대였다. 공고를 올리고 사전 모임을 가졌다. 그중에는 장애인 코미디언인 한기명도 있었고, 여성 코미디언인 최정윤, 함께 공연을 봤던 손동훈, 그리고 지금까지도 같이 활동하는 이제규, 김인한 등도 있었다. 든든했다. 오픈마이크 무대가 성공적으로 진행되는 건 쉽지 않은 일이었지만 매주 시도할 수 있는 무대가 생긴 것 자체가 고무적이었다. 회차가 진행될수록 더 많은 사람이 모였다. 드디어 한국 스탠드업 코미디에도 씬이라는 것이 형성되기 시작했다. 그때쯤 몇 가지 특별한 일이 있었는데 그중 하나는 배우로 활동하던 인한이 형과 함께 영화를 만들던 달감독(문희주)님이 우리를 소재로 삼아 다큐를 찍어 보고 싶다는 것이었다. 앞으로 어떤 일들이 펼쳐질진 모르지만,

의미 있어 보였다. 이외에도 여러 뉴스와 신문사에서 우리를 취재했고, 우리는 몇 달이 지나지 않아 더 큰 일도 마주했다. 바로 국내 최초의 코미디 클럽 탄생이었다.

오픈마이크로 우리와 함께했던 사람 중에는 오대현이라는 형이 있었다. 미국 유학을 희망하는 학생들을 가르치는 영어 강사로 일해 온 그는 한국에서 학원을 차리기 위해 목돈을 마련했는데, 스탠드업 코미디언들의 열정과 의지를 보았고 자신도 한국의 스탠드업 코미디가 잘 되었으면 하는 마음에 코미디 클럽을 차리고 싶다고 했다. 우리에겐 큰 호재였다. 물론 <공간 비틀즈>도 좋았지만 코미디를 위한 전용공간은 아니었고 스탠드업 코미디만을 위한 클럽이 생긴다면 우리 씬에 큰 돛을 다는 일이 될 것 같았다. 생각보다 일은 빠르게 진행되었다. 대현이 형은 강남 신논현역 인근 지하 공간을 계약했다. 무대와 벽면에 인테리어를 하고 음향과 조명 장비를 설치했다. 로고를 정하고 간판을 만들었다. 설레는 일이었다. 그 시기 우리는 여러 행사에 섭외되기도 했다. 개인적으로는 모교인 유니스트의 18학번 신입생 OT에서 공연할 기회를 가졌다. 졸업 공연을 했던 곳과 같은 장소에서 진행한 해당 공연은 대학 생활에 관한 공감대를 잘 풀어내서 신입생과 재학생들에게 꽤 좋은 반응을 얻었다. 그리고 나는 미처 생각지도 못했는데 방송 동아리인 <유니스테이션>에서 기록용으로 촬영을 해주었고, 재미없었던 30분 정도의 분량을 덜어내니 15분의 꽤 그럴싸한 스탠드업 코미디 영상을 뽑아낼 수 있었다. 해당 영상을 유튜브에 올리니 이전의 <아웃사이더> 영상과는 다르게 큰 반응이 돌아왔다. 또 형들과 함께 한강 물 빛 무대에서 진행되는 행사에도 나갔다. 골든마이 크에서 우승하지 못해 기회를 놓쳤던 <청춘 페스 티벌>이 펼쳐진 곳과 같은 장소였다. 유명한 힙합 아티스트와 인디 밴드가 출연하는 <레인보우 페 스티벌>에도 섭외되었다. 놀랍고 기분 좋은 섭외 였다. 그런데 스탠드업 코미디로 행사를 다닌 경 험이 많지 않은 우리가 간과한 부분도 있었다. 야 외에서 스탠드업 코미디를 하는 건 정말로 어려운 일이라는 점이었다. 특히나 한강 물빛 무대에서 저녁에 진행된 <눕콘>은 가족 단위나 청소년 관 람객들도 많았는데, 평소 19금을 걸고 술 마시며 보는 무대에서 검증해 온 내용으로는 무대에 서기 가 어려웠다. 수위와 수준을 조정하고 무대에 섰 지만 집중도 잘 되지 않고 관객들의 반응을 끌어내 기가 정말 어려웠다. 하지만 처음 시작한 우리에 겐 그 모든 경험이 좋았다. 어디에 가도 최초라는 타이틀을 달고 다닐 수 있었고, 덩달아 주목도 받았다. 그런 좋은 흐름에 이어 18년 6월, 대망의 국내 최초 스탠드업 코미디 클럽 <코미디 헤이븐>이 오픈했다. 재형, 용주, 민수 형과 나는 영준이 형이 이름 붙여준 <코미디 얼라이브>라는 이름의 팀으로 공연했다. 우리 이외에도 <스테이지6>, <펀치라인스> 등의 이름으로 요일마다 팀이 꾸려졌다. 남희석, 김영희 등의 유명 코미디언분들이 무대에 서기도 했고, 외국에서 활동하는 코미디언들도 <코미디 헤이븐>에 공연을 하러 왔다. 스탠드업 코미디 씬은 더욱 활기를 띠었다.

서울에 올라온 후에 한 달 정도는 영호와 함께 살다가 그 이후에는 재형이 형의 신길 집에서 같이 살았다. 지금은 <너튜브>라는 유튜브 채널을 운영하는 KBS 공채 출신 송재인 형까지 셋이 한집에 살았다. 회의할 때는 주로 용주 형과 민수 형이 우리 집으로 왔다. 형들은 정말 웃긴 사람들이었다. 자주 지각을 했던 용주 형은 우리의 질타를 무마시키기 위해 집에 들어올 때부터 핸드폰으로 BGM을 깔고 상황극을 하면서 들어왔다. 용주 형과 개그맨 지망생 시절부터 함께 했던 재형이 형은 척하면 척, 상황극을 맞받아쳤다. 민수 형이 랑은 8개월 정도 어색한 사이였다가 가을쯤이나 되어서 급격히 친해졌다. 둘 다 '힙' 한 것에 빠져 서는 을지로와 해방촌 등 힙의 낭떠러지(힙의 정 점에 있는 곳)를 찾아다녔다. 우리는 언젠가 카페 를 차린다면 의자인데 앉는 부분이 없고, 문인데 손잡이만 있는 그런 걸 만들 거라며 헛소리를 하 곤 했다. 형들이랑 있으면 자취방 방바닥에 드러 누워 농담만 해도 즐겁고 행복했다. 마치 처음 교 회에서 콩트 짜면서 느꼈던 기분과 비슷했다. 이 렇게 웃긴 형들인데 왜 아직 잘되지 않았지 하는 생각과 잘 될 수밖에 없는 사람들이겠다는 생각 을 했다. 겨울에는 민수 형, 달감독님과 함께 미국 LA로 여행을 갔다. 웅재와 갔던 곳과 비슷한 코스 로 움직여보려다 날씨가 좋지 않아서 계획을 변경 했다. 대신 이번에는 <코미디 스토어>, <래프 팩

토리> 등 유명 코미디 클럽 중심으로 LA를 구경
했다. 이틀 정도 달감독님이 다큐를 위해 닐 브레
넌(미국에서 가장 인기 있었던 샤펠쇼의 작가 출
신 스탠드업 코미디언) 등의 인터뷰를 하러 다니
실 때, 민수 형과 나는 미국 힙의 끝자락을 경험하
기 위해 오레곤 주 포틀랜드에 있는 바버샵에 가
서 머리를 깎았다. 우리는 그렇게 가까워졌다. 그
런데 사이는 점점 더 좋아졌지만 상황은 점점 더
나빠졌다. 처음과 비교해서 우리 씬이 받았던 관
심은 금세 사라졌다. 실력은 빨리 늘지 않았지만
관객 수는 빨리 줄어갔다. <부산국제코미디페스
티벌>에 초청도 받고 다른 여러 기회도 생기긴 했
지만 그게 돈으로 이어지진 않았다. 행사가 없으
면 돈을 벌 수 없는 상황이었는데 행사는 줄어만
갔다. 재형이 형과 나는 대출을 해서 생활비를 감
당했다. 아르바이트나 다른 일을 병행 할 수도 있
었겠지만, 공연을 만들거나 관리하는 데 필요한

일들을 우리가 감당하고 있었기 때문에 그것조차 쉬운 일이 아니었다. 용주 형과 민수 형의 상황도 비슷했다. 스탠드업 코미디를 계속하기 위해서는 다른 발판을 마련해야 할 것 같았다.

우리가 한국 스탠드업 코미디를 일구어 오는 동안 잇따른 개그 프로그램의 폐지로 설 자리를 잃은 공채 개그맨들은 대부분 유튜브에 도전했다. 그중에는 <엔조이커플>처럼 엄청나게 성공한 케이스도 있고, 다른 개그맨들도 몇몇 영상으로 소위 대박을 터뜨려 가고 있었다. 오랫동안 갈피를 못 잡는 경우도 더러 있었지만, 그 시점에 유튜브를 안 하는 건 바보 같은 일이었다. 우리도 여러 시도를 하다가 2019년 초, 대학 생활 공감대를 콘텐츠로 삼아 채널을 하나 만들었다. 이름을 뭐로 할지 고민하고 있었는데, 그때 또 마침 만났던 영준이 형의 조언과 형들의 아이디어를 더해 <피식대학>으로 결정했다. 나는 대학교 마크를 본떠 로고와 채널아트를 디자인했다. 민수 형 집 근처에 위치한 중앙대학교에 가서 스케치 코미디를 촬영했다. 우리끼리는 너무 웃긴 영상이었는데, 업로드를 하니 반응은 미적지근했다. 그때는 몰래카메라라고 불리는 리얼리티 영상이 유행하던 때였는데, 우리가 촬영한 콘텐츠는 알고리즘의 축복을 받기는 어려웠던 듯했다. 그렇게 몇 편을 더 촬영하고 올렸다. 당시 나는 개인 유튜브도 했는데, 인터넷에서 이슈 되는 인물을 풍자하는 콘텐츠를 만들었다. 조회수가 금방 10만 회를 넘겼다. 유행하거나 핫한 이슈를 건드려야 조회수를 끌어당길 수 있다는 걸 깨달았다. 우리 모두 궁지에 몰린 상황이었지만 나는 성공에 대한 조바심이 형들보다 더 큰 편이었다. 엄마와 약속한 서른이 가까워 왔고, 집안 상황이나 내 개인적인 사정도 점점 더 큰 압박으로 다가왔다. 스탠드업 코미디로 세간의 관심을 잠깐 끌었지만 안정과는 거리가 한참 먼 상황이었기에 계속 조바심이 났다. 팀으로 유튜브를 하기에 네 명은 조금 많다는 느낌도 들었다. 나는 형들에게 개인 유튜브에 조금 더 시간을 써보고 싶고, 형들 셋이 유튜브를 하는 게 어떻겠냐며 탈퇴를 선언했다. 형들이 듣기엔 아마도 힘 빠지는 말이었을 것이다. 혼자 살겠다고 나가는 그림도 그랬지만, 같이 있으면 오래 걸릴지라도 더 멀리 갈 수 있을 텐데 기다리지 못하고 나간다고 하는 동생이 내심 안타깝고 아쉬웠을 것이다. 그렇다고 형들이 만류할 상황도 아니었기 때문에 우리는 그렇게 하기로 결정했다.

그 결과는 이 세상 모든 사람이 알겠지만 내 인생 최악의 선택이었다. 비틀즈가 되지 못한 드러머, 인기 아이돌 그룹에 들지 못한 제6의 멤버 그런 사람들의 삶은 어떨까 하는 생각을 종종 했는데 그게 내가 될 줄은 몰랐다. 하지만 그때는 그게 좋겠다고 생각했고, 지금도 후회하지는 않는다. 형들은 형들의 길을 가서 결국 성공했고, 나도 언젠가 내가 믿는 길의 끝에서 그들과 어깨를 나란히 할 날이 올 거라고 믿기 때문이다. 어쨌든 내가 탈퇴한 직후에 형들이 바로 잘된 것은 아니었기 때문에 그 후로도 우리의 고생은 지속되었다. 나는 맡고 있던 <코미디 헤이븐>의 디자인이나 영상 편집 같은 일들도 내려놓고 싶었다. 누가 맡긴 것은 아니었지만 자연스레 처음부터 맡아 오기도 했고 씬을 위한다는 마음으로 하던 일이었는데, 공연 외에는 자기 시간을 갖거나 아르바이트를 해서 생활비를 버는 다른 코미디언들이 내심 부러웠다. 시간이 별로 없다고 느꼈기 때문에 그 시간을 오롯이 나 자신에게 한 번 투자해 보고 싶었다. 하지만 스탠드업 코미디 씬의 모든 일을 맡고 있던 재형이 형과 물리적으로 가까이 있다면 어쩔 수 없이 내가 일을 맡게 될 것 같았고, 격리가 필요하다고 생각했다. 나는 재형이형에게 독립을 선언했고, 피식대학을 나온 것보다 더욱더 최악의 선택을 하고야 말았다.

그 결과는 이 세상 모든 사람이 알겠지만
내 인생 최악의 선택이었다.
비틀즈가 되지 못한 드러머,
인기 아이돌 그룹에 들지 못한 제6의 멤버
그런 사람들의 삶은 어떨까 하는 생각을 종종 했는데
그게 내가 될 줄은 몰랐다.

서울의 집값은 비쌌다. 재형이 형과의 동거를 끝내기엔 수중에 돈이 별로 없었고, 서울 내에서 집을 구하긴 어려워 보였다. 마침 그때 만나고 있던 여자 친구의 회사가 경기도 화성에 있었는데, 그 근처로 이사를 가면 여자 친구를 만나려고 1~2시간을 오갈 필요도 없고 물리적으로 공연 외의 일을 떠맡게 되지도 않을 것 같았다. 무엇보다 집값이 쌌다. 그렇게 나는 경기도 오산에 4평짜리 자취방을 구했다. 공연을 오가는 것 외에는 온전한 내 시간이 생길 거란 기대감이 들었다. 오산에 정착하고 유튜브를 시작했다. 어쩐지 서울에서보다 잘되지 않았다. 물리적으로 멀어지니 형들과의 심리적인 거리도 멀어졌다. 형들뿐만이 아니라 다른 스탠드업 코미디언들과도 교류하는 날이 적어졌다. 나는 점점 더 고립되고 있었다. 하지만 내가 원해서 선택한 일이었기 때문에 후회를 남기고 싶지는 않았다. 그때쯤 새로운 사건이 터졌다. 인스타 DM으로 제보를 받았는데 100만이 넘는 대형 유튜버가 팬미팅에서 내가 하는 농담과 상당히 유사한 내용을 스탠드업 코미디로 진행하고 영상을 올렸다는 것이었다. 직접 유튜브에 들어가 확인해 보니 사실상 내 농담을 참고해서 만든 내용 같아 보였다. 외국에서는 농담 표절이 중대한 사안이고, 절대로 있어서는 안 되는 일로 여겨진다. 처음 겪은 일이기에 어떻게 대처하면 좋을지 고민하다가, 해당 유튜버에게 직접 연락했다. 그런데 그 답변이 뭔가 조금 찝찝했다. 내 영상을 본 적이 없다는 것이었다. 나도 코미디를 처음 시작했을 때 외국 코미디언들의 농담을 많이 참고하며 연습했기 때문에 내 영상을 봐서 영향을 받은 거라면 충분히 공감하고 넘어갈 수 있는 문제라고 생각했다. 그런데 본 적조차 없다는 말을 들으니 의구심이 들었다. 그가 정말로 본 적이 없다면 나는 생사람을 잡는 것이니 신중해야 했다. 영상을 수없이 돌려보았다. 하지만 보면 볼수록 내 의심은 깊어져 갔다. 코미디언이나 유튜버나 결국 공감으로 먹고사는 사람들이니 아이디어는 겹칠 수 있겠지만 대사를 잇는 호흡까지 그렇게 비슷할 수는 없다고 생각했기 때문이었다. 나는 이걸 공론화해 봐야겠다고 생각했다. 유튜브에 그 영상과 내 영상을 비교해서 편집하고 '표절당했다'라는 썸네일과 함께 영상을 올렸다. (지금 돌아보면 확실한 증거도 없이 다짜고짜 표절당했다고 영상을 올린 나도 문제가 많았다. 썸네일은 자극적이어야 한다는 유튜브 이론에 좋지 못한 상황과 억울한 심정까지 더해지니 나는 한없이 무모해졌다.) 내 몇몇 구독자들과 지인들이 공감하고 댓글을 달아주었다. 그리고 얼마쯤 시간이 지나 그 유튜버는 해명 영상을 올렸다. 나한테 했던 것과 같은 말이었다. '본 적이 없다.' 그 위력은 대단했다. 그의 수많은 구독자와 팬들이 내 영상으로 넘어왔고, 삽시간에 글로 옮기지도 못할 정도의 심한 욕과 악플들이 달리기 시작했다. 하루도 지나지 않아서 6천 개가 넘는 악플이 달렸고, 코미디언들과 지인들은 대댓글로 싸워주었다. 진실이 무엇인지는 더 이상 중요하지 않은 상황이 되었고, 나는 그저 선한 유튜버를 무너뜨리려는 악당이 되어 있었다. 해당 영상뿐만 아니라 다른 모든 영상에 악플과 싫어요가 쏟아지기 시작했다. 100만 유튜버의 영향력을 실감할 수 있는 시간이었다. 이대로라면 1년 반의 시간 동안 일구어 온 스탠드업 코미디 씬 전체에 나쁜 영향을 줄 것만 같았다. 스스로 비겁하고 아쉽다고 느꼈지만 그 유튜버에게 다시 또 연락을 했다. 둘의 생각은 같았다. 이대로 두면 서로에게 좋은 영향은 없을 것 같았다. 우리는 관련된 영상을 내리고 따로 만나서 이야기를 나누기로 했다. 며칠 뒤 만난 그와 회사의 대표는 나보다 많이 어려 보였고, 나쁜 사람들 같아 보이지도 않았다. 그와 대표는 (그들이 의도한 것은 아니지만) 악플로 뒤덮인 내 유튜브 채널을 보며 나에게 미안하다고 했다. 나도 공론화가 아니라 그냥 더러운 싸움이 된 것 같아서 미안하다고 했다. 그리고 어쨌든 지금 집중되어 있는 세간의 관심을 서로 좋은 쪽으로 풀어보자는 얘기를 했고, 둘 다 불은 꺼야 했으므로 만나서 잘 얘기를 했다는 식의 게시글을 올리자고 합의를 봤다. 짧은 만남을 뒤로 한 채 나는 SNS에 화해했다는 식의 글을 올렸다.

그런데 그게 또 다른 화를 불러왔다. 같이 싸워주던 코미디언들은 내가 먼저 꼬리를 내려버린 상황에 실망을 감추지 못했다. 김이 빠져버렸고, 더러는 분노했다고 했다. 나는 그 상황을 감당할 지혜도 용기도 없었다. 내가 일을 그르쳐 버렸구나 생각했다. 길을 가다가 누가 알아볼까 봐 부끄러웠고, 정리된 상황을 모르는 몇몇 악플러들은 여전히 내 영상을 이리저리 옮겨 다니며 욕을 쓰고 있었다. 더 이상 유튜브를 올릴 수도 없었고, 뻔뻔하게 공연장에 나갈 수도 없었다. 이미 잡혀있던 부산국제코미디페스티벌 일정에서 만난 형들과의 분위기는 냉담하고 어색했다. 나를 잘 알지도 못하는 어느 십수 년차 개그맨은 갑자기 나더러 그래서 얼마 받았냐는 무례한 질문을 했다. 수렁에 빠졌다. 어쩌면 더 이상 코미디도 유튜브도 못 하는 거 아닌가 하는 절망감이 들었다. 그래도 당장 돈을 벌지 않으면 안 되는 상황이어서, 나는 근처

물류센터에서 택배 상자를 나르는 알바를 했다. 로봇처럼 일하는 반장은 젊은 놈이 그것밖에 못 하냐며 독촉을 해댔다. 시간이 지나 여자 친구와 도 사이가 나빠졌다. 처한 상황이 좋지 못하니 자 주 예민해졌다. 그런 와중에 <피식대학>은 상승 세를 타기 시작했다. 새롭게 올린 콘텐츠들이 매 번 높은 조회수를 기록하다가 금세 구독자 수 10 만, 20만을 돌파했다. 함께 하던 코미디언들은 KBS에서 새로 제작한 <스탠드업>이라는 프로 그램으로 지상파 데뷔를 했다. 자발적 고립을 위 해서 오산으로 왔는데, 정말 고립이 되고 나니 외 로웠다. 미국 여행을 함께 갔던 웅재가 임시로 세 달간 돌봐 달라고 한 고양이 앙뚜만이 나를 위로 했다. 사실 딱히 위로를 해준 건 아니었는데 아무 것도 모르는 고양이 놈이 정말로 아무 일도 없다 는 듯이 누워만 있으니까 그게 왠지 위로가 되었 다. 밤에 혼자 있으면 잠이 잘 안 와서 혼자서 술을 자주 마셨다. 안주를 뺏어 먹으려는 앙뚜와 한바탕 싸우다가 잠이 들곤 했다. 멀쩡한 대학교를 나와서 하고 싶은 거 해보겠다고 설쳐대다가 고꾸라진 인생엔 일말의 돌파구도 희망도 없어 보였다.

고향에 내려가면 잊고 지내던 현실이 체감될 때가 있다. 오르락내리락하긴 하지만 뭔가 발전하고 있다고 느껴지던 개인적인 삶에 비해 고향 집의 사정은 항상 비슷해 보였다. 그때쯤엔 내 삶도 너무 힘들었는데 고향에 와서 가족들이 직면해 있는 문제도 또 들여다보게 되니 이제 정말 하고 싶은 일은 관둬야 하나 생각이 들었다. 추석 연휴에 집에 내려갔다가 생각보다 길게 있지 못하고 뛰쳐나와 버렸다. 오산 자취방에 돌아오는 버스를 타려고 마산 합성동 터미널에 간 나는 버스 시간이 많이 남았길래 근처에 있는 롯데리아로 향했다. 배는 고픈데 버거를 시킬 돈이 없어서 주문한 감자튀김만 받아 든 채 롯데리아 2층 구석에 앉아 혼자 시간을 때우고 있었다. 둘째 누나에게 카톡이 왔다. 계좌번호를 보내달라는 것이었다. 이내 누나가 입금해 준 돈은 버거도 못 사 먹는 내 처지에 너무나도 큰 금액이었다. 그리고 이어지는 누나의 카톡. 우리나라에 40대 되고도 백수인 사람이 넘쳐나는데, 지금 좀 힘든 건 너무 마음 쓰지 말고 계속 잘 해보라는 내용이었다. 그 카톡을 읽자마자 내 뺨 위로 눈물이 줄줄 흘렀다. 미안하고 고마웠다. 뭐 한다고 이 길을 들어서 가족들도 고생시키고 혼자서 이렇게 힘들어하나 생각이 들었다. 그리고 다짐했다. 반드시 잘 되고야 말겠다고. 고마운 마음 백 배, 천 배로 갚아주겠다고. 어릴 땐 몰랐는데, 커서 보니 누나들과 엄마, 아빠는 나의 가장 든든한 지원군이었다. 항상 내 마음 한편에는 같이 고생한 누나들과 우리보다 더 고생했을 엄마, 아빠에게 멋진 삶을 선사하고야 말겠다는 다짐이 남아있다. 마음을 다잡은 나는 버스에 몸을 실었다.

하늘이 무너져도 솟아날 구멍은 있었다. 강연 오디션 <골든마이크>에서 만났던 준형이 형, 원빈이 형과 함께 청소년 강연을 기획하고 진행하던 <담넘어>라는 회사에서 연사 초청이 왔다. '성공한 사람도 아닌데 나 같은 사람을 왜?' 싶었지만 그래서 더 적합하다는 것이었다. <담넘어>의 슬로건은 '우리 모두는 저마다의 방식으로, 각자의 담을 넘어, 자신만의 삶을 살 수 있다.'였다. 하고 싶은 길을 걸어왔던 나의 스토리가 청소년들에게 귀감이 될 수 있다는 것이었다. 몇 차례의 강연을 하고 담넘어의 대표인 성원이와 진아는 나에게 행사가 없는 날은 뭐하고 지내느냐고 물었다. 나는 주로 물류 센터에서 혼나고 있다고 답했다. 그랬더니 회사에 멤버로 들어와서 같이 일을 해보면 어떠냐는 거였다. 지금 당장 유튜브도 공연도 하기 힘들어진 나에겐 희망적인 제안이었다. 별다른 고민 없이 계약하고, 그해 하반기는 정말 많은 중고등학교에 가서 강연했다. 강연에서도 나는 내가 겪은 경험들에 유머를 녹여 이야기를 들려주었고, 지금까지 여러 스탠드업 코미디 무대에 섰지만 강연을 하면서는 매회 그보다 더 많은 청중 앞에서 마이크를 들 수 있는 기회를 가졌다. 내가 원하는 코미디 무대는 아니었지만 뜻깊고 즐거운 경험이었다. 지금의 나는 아마도 다른 이야기를 청소년들에게 할 것 같지만, 그때는 남들이 가지 않는 길을 개척하는 삶에 관해 이야기했다. 희망적인 부분을 이야기해야 하는 청소년 강연 특성상 솔직한 이야기를 다 할 수는 없었지만 그런 삶이 갖는 즐거움과 가능성에 대해 이야기하곤 했다. 가끔은 나의 유튜브 사건을 알고 질문을 해오는 짓궂은 학생들도 있었지만, 자주 있는 일도 아니었고 극복해 내야 하는 부분이었기 때문에 개의치 않았다. 연말에는 하루에 두 학교씩 가기도 했고, 행사 장비를 가득 실은 스타렉스 차량을 운전하는 것도 내가 해야 하는 일이었기 때문에 무척이나 피곤한 날들도 많았다. 새벽 6시에 나가 학교에 도착하고 장비를 세팅한 후에 강연을 하고, 철수를 한다. 점심을 급하게 먹고 다음 학교로 가 똑같이 세팅, 강연, 철수를 한다. 저녁을 먹고는 다른 행사의 기획안을 쓰거나, 결과보고서를 쓰고 자정이 넘어 귀가한다. 쉽지 않은 날도 있었지만, 역시 물류센터에서 일하며 무시당하는 것보다는 나았다. 겨울이 깊어질 때쯤 코미디언들과도 다시 차츰 연락을 하기 시작했다. 그때 적극적으로 도와주었던 건 역시 재형이 형이었다. 연말에는 함께 살던 신길 집에 들러서 형과 이런저런 얘기를 나누고 돌아가는 길이었는데 형이 용돈을 하라며 쌈짓돈을 쥐여줬다. 그러고는 메인 무대로 바로 복귀하는 것은 아직 불편할 수도 있으니까 오픈마이크를 다시 해보면 어떻겠느냐고 했다. 얼마쯤 지나서 형은 나에게 김태현이라는 코미디언을 소개해 주었고 같이 오픈마이크를 기획하고 관리하면서 나도 무대에 오를 수 있었다. 1년 남짓했던 오산 자취방 계약기간이 끝날 무렵에 다시 같이 살면 어떻겠냐고 먼저 제안해 준 것도 재형이 형이었다. 참 고마웠다. 서울로 돌아와서 지내면서는 여러모로 상황이 안정되어 갔다. 오픈마이크 무대에 서면서 조금씩 감을 회복했다. 청소년 강연과 행사를 다니며 경험도 쌓게 되었다. 생활비 삼아 했던 대출이 쌓이면서 3~4천만 원에 가까운 대출금이 있었는데 직장생활과 공연을 겸하며 조금씩 갚아 나갔다. 무엇보다 코미디언들과 관계도 점차 회복되었다. 서로의 입장을 이해했고 오해를 풀어갔다. 그러면서 당시 스탠드업 코미디 메인 무대였던 홍대 <코미디 헤이븐 쇼>(강남에 있던 <코미디헤이븐>은 오픈한지 1년이 조금 지나서 경영상의 어려움으로 문을 닫았지만 그 이름은 공연으로 계승되었다)에도 다시 나갈 수 있게 되었다. 한번은 용주 형, 대니 형, 동훈이와 술자리를 가졌는데, 용주 형이 '우리랑 같이 있었으면 네가 그렇게까지 무너지지 않았을 것 같아서 그게 아쉬웠다', '언젠가 옛날처럼 같이 코미디를 할 수 있는 날이 오기를 바랐다.'라고 말했다. 술을 먹다 말고 엉엉 울었다. 다시는 돌아오지 못할 줄 알았던 곳으로 돌아온 기분이었다.

2020년 여름, 코미디에 다시 집중하고 싶다는 생각이 들어서 <담넘어>에서 퇴사했다. 하지만 인생은 호락호락하지 않았다. 코로나-19가 확산과 감소를 반복하다 어느 시점부터 공연을 더 이상 하기 어려울 만큼 퍼져갔다. 회사를 그만둔 지 얼마 되지 않은 시점부터 공연이 줄어갔다. 재형이 형의 도움으로 1분의 시간을 정해두고 먹방과 맛에 대한 평가를 하는 '1분 맛평'이라는 유튜브 콘텐츠를 제작했다. 주변의 반응은 좋았지만 널리 퍼지지는 않았다. 몇 달쯤 1일 1 콘텐츠를 하다가 반복되는 컨셉이 스스로 지루해져서 관두었는데, 관두고 나니 틱톡을 비롯한 쇼츠, 릴스 등의 숏폼 컨텐츠가 유행하기 시작했다. 역시 나는 한 발 빠른 인간인가 싶었고, 한편으로는 뭘 해도 꾸준히 하지 못하는 내 모습이 스스로 아쉬웠다. <코미꼬>라는 채널로 유명한 코미디언 김병선 형도 나를 많이 도와주었다. 코미디 씬에 복귀한 지 얼마 되지 않아 어색해하던 나를 멱살 잡아 이끌어줬고, 함께 <그냥라디오>라는 팟캐스트를 진행하기도 했다. 나중에 들어보니 나쁜 선택을 할 만도 한데 그러지 않은 내 모습이 신기했다고 했다. 나는 코미꼬 형의 <오늘의 불행은 내일의 농담거리>라는 책을 읽으며 형이 했던 고생을 알게 되었고 왜 나의 그런 부분에 공감했는지 알 수 있었다. 이 외에도 몇 가지 콘텐츠를 해보았지만 역시나 수익으로 이어지지는 않았다. 그때쯤 함께 스탠드업 코미디언으로 활동했던 강석일 형이 <레드나인 커뮤니케이션>이라는 행사 기획사를 다니고 있었는데, 영상 외주 작업이 필요하다며 나에게 연락했다. 기본적인 편집이나 디자인, 자막 작업은 나에게 익숙한 일이었기 때문에 그 덕분에 생계유지를 할 수 있었다. 연말이 되니 일이 쌓여갔고, 덕에 따뜻한 연말을 보냈다. 2021년 새해가 되고 석일이 형은 회사에 직원이 더 필요할 것 같다며 나에게 입사를 제안했다. 원래 오프라인 행사 기획, 운영이 주력이었던 그 회사는 코로나 시대를 맞아 온라인 행사로 빠른 전향을 했고 시장의 수요를 만족시키면서 사업이 호황을 맞았다고 했다. 코로나가 언제 끝날지 모르는 상황이기도 했고, 회사에 직원으로 있는 사람들도 유연근무를 하며 다른 일과 겸업을 하고 있다는 말이 매력적으로 들렸다. 거기라면 공연과 일을 병행하기에 무리가 없을 것 같았다. 그해 2월 나는 두 번째 회사에 입사했다.

입사할 땐 6명 남짓한 직원들과 함께 일을 했는데, 2년 후 퇴사할 시점에는 직원 수가 거의 2배였다. 두 배라고 해도 그다지 많진 않지만 업계 특성상 그 정도면 꽤 건실한 편이었다. 또래 직원들과 근무하는 것은 재미있었다. 일이 없을 때는 출퇴근이 자유로웠던 반면에 하반기에는 일이 몰려서 야근을 밥 먹듯이 했다. 하지만 혼자서 외롭게 야근하는 것이 아니라 직원들이 같이 밤샘 작업을 하다 보니 산업디자인과에서 과제 하며 밤새던 때가 생각나기도 했고 늦게까지 일을 해도 그다지 힘들게 느껴지지 않았다. 대부분은 유머 코드도 비슷해서 그들과 농담을 하다보면 '역시 난 웃긴 사람이었나?'하는 생각도 들었다. 업무도 잘 맞는 편이었다. 공학 전공 서적을 붙들고 있을 때나 맨땅에 공연, 행사를 기획하던 때는 모든 일이 어려워 보이기만 했는데, 회사라는 테두리 안에서 고객의 니즈를 충족시키며 행사의 기획과 진행을 돕는 일은 그다지 막막한 일처럼 느껴지지 않았다. 여러 사건을 겪으며 잔뜩 낮아져 있던 자존감을 회복하는 시간이었다. 코로나는 점차 진정되어 갔고 공연도 조금씩 더 나갈 수 있게 되었다. 코미디언 모두에게 쉽지 않은 기간이었지만 우리는 저마다의 방식으로 그 시간을 견뎌냈다.

처음 스탠드업 코미디를 하려고 서울에 올라
와서 재형이 형과 지낼 때, 복싱을 잠깐 배웠다. 엄
마는 어울리지도 않는 운동이라고 놀리셨는데, 물
론 나도 동의하는 부분이다. 하지만 배워보고 싶
었던 이유는, 내가 좋아하는 청춘 소설이나 영화
를 보면 꼭 주인공이 복싱하는 장면이 나왔기 때
문이다. 가네시로 가즈키의 소설 <레볼루션 No.
3>, <플라이, 대디, 플라이>나 김려령의 <완득
이> 같은 책이 대표적이었다. 그리고 미국 유명

스탠드업 코미디언 케빈 하트의 인스타그램을 보면 가끔 복싱 글러브를 끼고 미트를 치는 모습이 올라왔는데 역시 삶의 고난을 이겨내고 성공하려면 복싱 정도는 배워야지 하는 생각이 들었다. 처음에 복싱장에 등록하고서는 줄넘기와 스텝, 원투 펀치 등을 배웠는데 생각했던 것보다 더 재미있었지만 역시나 쉬운 운동은 아니었다. 한 라운드가 3분인 복싱의 리듬에 맞춰 모든 훈련은 3분 단위로 진행되었는데 3분이 그렇게 긴 시간이라는 걸 처음 알게 되었다. 내가 호흡을 조절할 수 있는 샌드백 훈련 같은 건 그나마 나았지만 링 위에 올라가는 시간은 끔찍했다. 가끔 나와 비슷한 수준이라고 생각되는 회원과 약속 대련 같은 걸 시켜주시거나 스파링을 하곤 했는데 나는 주로 두들겨 맞았다. 처음 올라갔을 때는 더킹과 위빙 등 피하는 동작만 배웠지 가드 올리는 법을 배우진 못했기 때문에 나는 그냥 왔다 갔다 하면서 두들겨 맞는 놈이 되었다. 그 전엔 몰랐는데 때리려고 주먹을 휘두르는 것보다 맞는 게 체력 소모가 더 컸다. 스파링은 매번 두렵고 긴장되는 시간이었다. 하지만 사람은 적응하는 동물이랬던가. 매번 맞기만 하던 내가 언제부터는 상대를 맞출 수도 있게 되었는데 그때 깨달은 게 있었다. 피하려고 머리를 뒤로 빼고 주먹을 뻗으면 절대로 상대에게 닿지 않는다는 것이었다. 내가 한 대 치려면 상대에게 맞을지도 모르는 그 거리까지 들어가야 했다. 그 점을 깨달은 나는 가드를 단단하게 올리고 몇 대 맞아 주겠다는 생각으로 상대의 품에 들어갔고 그러다 보니 휘젓는 주먹이라도 상대를 맞출 수 있었다. 그런데 이건 스탠드업 코미디를 할 때도 마찬가지였다. 관객의 차가운 반응이 두려워서 뒤로 물러서면 충분히 웃길 수 있는 농담으로도 관객들을 웃길 수 없게 된다. 하지만 그 냉담한 반응 따위 내가 한 방 맞아주겠다는 생각으로 들어가면, 생각보다 강력한 펀치라인을 먹일 수 있는 것이다.

복싱과 마찬가지로 드라마나 영화의 주인공이라면 으레 하는 운동이 있는데 그건 달리기다. <미생>의 장그래도 그랬고, <이태원클라쓰>의 박새로이도 그랬다. 모든 일에는 체력이 뒷받침되어야 한다고. 그걸 위한 가장 기초적인 운동이 바로 달리기인데, 내 체형을 본다면 이해하겠지만 뱃살이 두툼하고 다리가 짧은 나는 잘 달리지 못한다. 특히나 중학교 때는 체육 선생님들이 운동장 20바퀴를 뛰고 나면 나머지 시간에 축구를 하게 해준다고 했고, 나처럼 느린 녀석은 축구를 좋아하는 친구들에게 매번 질타를 받곤 했다. 나에게 달리기는 정말 죽을 맛인 운동이었다. 하지만 20살 이후로 더 이상 강제적인 달리기를 할 일은 없게 되었고, 나는 스스로 뛰기 시작했다. 재촉하는 사람이 없다 보니 내 페이스에 맞춰서 달릴 수 있었고,

20대 중반엔 10km 마라톤을 거쳐 하프 마라톤까지 달릴 수 있게 되었다. 풀코스 마라톤을 완주하는 것이 버킷리스트 중 하나였는데 살이 더 찌고 무릎이 아파지면서 그 목표는 나중으로 미뤘다. 어쨌거나 마라톤을 하면서도 스탠드업 코미디를 생각했는데, 마라톤은 알다시피 혼자 하는 운동이다. 다리가 아프다고 다른 사람에게 몇 킬로미터만 대신 뛰어 달라고 할 수도 없고, 친구와 둘이 하프 코스를 같이 뛰었다고 풀 코스로 인정해 주지도 않는다. 그런데 마라톤 대회에 나가 본 사람이라면 누구나 알겠지만, 대회 당일의 분위기는 혼자 뛰는 달리기와는 사뭇 다르다. 분명 내 다리로 내가 뛰고 있지만 옆에서 같은 목표를 위해 뛰는 사람들이 있고 서로 격려하며 함께 달린다. 뛰다 보면 시민들이 응원해 주기도 하고, 중간중간 목을 축일 물과 배를 채울 간식도 있다. 스탠드업 코미디도 그와 많이 닮아 있다. 분명 혼자 오르는 무대에다가 분위기가 잘 되든 못 되는 그 책임은 오롯이 나에게 있다. 하지만 같은 목표를 향해 달리는 동료 코미디언들이 있고, 객석에는 우릴 보며 웃고 응원해 주는 관객들이 있다. 어쩌면 그게 스탠드업 코미디의 매력이 아닐까 싶다. 하지만 스탠드업 코미디를 하고 난 후의 첫 5년 정도는 도무지 제대로 된 코스를 달리고 있는 것인지, 도착 지점이랄 게 있기는 한 건지 매번 의심이 들었다. 그래도 우리는 달리고 달렸다. 서로를 응원하고 또 응원받으면서 말이다.

길고 길었던 코로나 시대가 저물어 갈 때쯤, 대니 형은 공연 기획사를 운영하는 김단 대표님과 함께 종각역 인근에 <서울코미디클럽>이라는 코미디 클럽을 오픈했다. 여전히 한국에서의 스탠드업 코미디에 대한 관심은 크지 않았지만 이전과는 달랐다. 함께 무대에 오르는 멤버 중에 <피식대학>과 <코미꼬> 등 대형 유튜버가 생겨났기 때문이었다. 그들의 인기에 힘 입어 예전보다는 더 안정적인 관객 수를 유지할 수 있었다. 전보다 많은 수의 코미디언이 활동하는 상황이었고, 나는 앞서 언급한 이유들로 공연을 몇 차례 쉰 이력 때문에 서울코미디클럽 오픈 초기에는 바로 레귤러(정기 공연을 하는) 코미디언이 되지는 못했다. 대신에 홍대 NVM에서 월에 1~2회 정도 열리는 <대니초 온나재밌쇼>에 정기적으로 참여할 수 있었다. 회사에 다니며 공연을 병행하고 있었기에 그 정도의 기회를 얻는 것조차도 감사한 상황이었다. 그러던 중 <코미꼬> 병선이 형이 멕시코로 떠나기 전 전국 투어 공연을 한다고 했다. 공연이 끝나면 멕시코로 떠난다길래 처음에는 장난인 줄 알았는데 진심이라는 거였다. 아쉽기도 했지만 현재 상황에 안주하지 않는 형의 모습을 보며 멋있다는 생각을 했다. 스탠드업 코미디를 하고 있던 친구들을 모아서 한 주는 대전과 전주, 한 주는 부산과 대구에서 공연을 한다고 했고 일은 순조롭게 추진되었다. 나는 역시나 디자인으로 참여했고, 각자 역할을 나눠 공연장을 섭외하고 홍보를 시작했다. 병선이 형의 티켓 파워는 굉장했다. 전국 공연을 단번에 매진시켰고, 이어서 각 도시에 한 회차씩 추가 공연을 오픈할 수 있었다. 부산과 대구 공연에 참여하기로 한 나는 당일이 되어 형들과 함께 승합차를 타고 대구로 이동했다. 우린 코미꼬와 스탠드업 코미디를 보려고 모인 수백 명의 관객 앞에서 성황리에 투어를 마쳤다. 지금도 가끔 행사나 투어 공연을 하면 지방에 가는데, 그럴 땐 매번 설레고 기분이 좋다. 서울에서 하는 공연도 좋지만 지역에 가서 공연을 준비하고 신난 관객들을 마주하고 들뜬 분위기 속에서 공연을 마친 후에 맛집에 가서 뒷풀이하면 그것만큼 즐거운 일이 없다. 투어 마지막 날이었던 부산 일정의 끝에 우리는 광안리에서 회를 먹고 폭죽을 터뜨렸다. 코미꼬 형은 투어에 참여한 모두에게 든든하게 출연료를 챙겨주고는 멕시코로 훌쩍 떠나 버렸다.

최초의 스탠드업 코미디 투어이자 가장 기분 좋은 경험 중 하나였다. 나도 언젠가 그처럼 후배들을 데리고 전국 투어를 할 수 있는 사람이 되면 좋겠다는 생각을 했다.

몇 달이 지나, 나는 <서울 코미디 클럽>의 레귤러 멤버가 되었다. 이제 <코미디 헤이븐> 때처럼 주 1회 이상 공연을 할 수 있었다. 그때 나는 한 가지 생각을 떠올렸다. '유행하고 있는 숏폼 형태에 맞추어서 스탠드업 코미디 영상을 올려본다면 어떨까?' 서서 하는 스탠드업 코미디의 형태와 세로 보기에 최적화된 숏폼 형식이 어울릴 것 같았고, 긴 호흡의 스탠드업 코미디 형식에 익숙하지 않은 한국 사람들에게 보여주기 적당한 콘텐츠라는 생각이 들었다. 예전에 올렸던 영상들을 뒤져보다가 올릴만한 영상을 몇 개 추려냈고, 바로 실행에 옮겼다. 확실히 그 전과는 다른 반응이었다. 그다지 잘했다고 생각하지 않는 영상들조차도 몇만 조회수를 쉽게 넘어섰다. 최근에 하던 농담 중에 반응이 좋은 것을 몇 개 추려내 편집했다. 그중 하나는 'MZ세대 대통령에 관한 농담'이었고, 당시 여자 친구였던 해리에게 이렇게 말했다. '이건 어쩌면 내 인생을 바꿀 농담이 될지도 몰라.' 영상을 올렸고, 역시나 반응은 뜨거웠다. 조회수는 금세 100만 회를 넘어섰다. 코미꼬 형이 해외에서 올렸던 영상을 제외하고 한국에서 한국어로 한 스탠드업 코미디 영상 중에 가장 높은 조회수였다. 이후에 올린 영상들도 터지기 시작했다. 공연장에는 내 영상을 보고 왔다는 사람들이 생겨났다. 다른 코미디언들에게도 빨리 쇼츠를 올려보라고 했다. 다들 몇 달간 머뭇거리다가 대니 형이 앞장서서 영상을 올렸고, 며칠이 지나지 않아서 영상들이 줄줄이 대박을 쳤다. 다음으로는 동훈이가 가장 자신 있는 농담 하나를 인스타그램에 올렸더니 피드에 게시글조차 없던 동훈이의 팔로워 수가 순식간에 몇만 명을 넘어섰다. 새로운 시대가 열리는 순간이었다. 하지만 내가 간과한 것이 있었다. 회사를 병행하며 자주 새로운 농담을 만들기 벅차하던 나는 몇 개의 영상을 소모해 버리니 무대에서 할 수 있는 농담에 제한이 생겼고, 공연 후기에 '영상과 겹치는 내용이 많다.'라는 피드백이 올라왔다. 반면에 공백없이 무대에 서 왔던 대니 형과 동훈이는 그렇지 않았다. 계속해서 영상을 올릴 수 있었고, 대니 형의 무대는 금세 매진이 되었다. 그 덕에 전국 투어까지 했으니 정말로 새로운 시대가 열린 것이었다. 이어서 크라우드 워크(관객과의 소통)에 익숙했던 동하 형이 관객과 소통하는 영상들을 몇 가지 올렸는데 처음에는 반응이 시원치 않았다. 대중들이 잘 만들어진 농담을 선호하는 건가 싶었는데 그런 의심은 오래가지 않았다. 얼마 지나지 않아 동하 형의 크라우드 워크 영상도 터지기 시작했고, 농담을 짜는 시간이 들지 않는 영상을 동하 형은 무한히 만들어냈다. 그 덕에 <서울 코미디 클럽>은 연일 매진을 기록했다. 2023년이 되자 기존 금, 토 공연에서 3일을 추가해 주 5일 공연을 오픈하고 100석이었던 관객 정원을 130석까지 늘렸는데도 한 달 치 공연이 1분 안에 모두 매진되는 신화를 이루어냈다. 제2의 우리가 되고자 하는 신인들이 유입되었고, <펀치라인스>, <코미디 삼각지대>를 비롯한 오픈마이크 무대도 생겨났다. 압구정에는 <아트지트 코미디 클럽>이 생겼고, 메타코미디에서도 <메타코미디클럽 홍대>라는 무대를 열면서 스탠드업 코미디 전국시대가 열렸다. 관객들은 종로에서도, 홍대에서도, 압구정에서도 마음만 먹으면 스탠드업 코미디를 볼 수 있게 되었다. 대니 형은 전국투어 앵콜 무대까지 성황리에 마쳤고, 동하 형도 서울에서의 1,000석 공연을 비롯한 전국투어를 모두 매진시켰다. 처음에는 내가 튼 길에서 다른 사람들이 더 큰 열매를 맛보는 상황과 와중에 묻혀버린 내 존재감이 아쉽다는 생각을 했지만, 그 덕에 나도 덩달아 좋은 무대를 설 수 있게 되었으니 모두에게 이득이 된 것 같아 좋았다. 나에게는 좋은 농담을 더 밀도 있고 빠르게 만들어내야 하는 과제가 생겼다. 그리고 우리는 이제 당당하게 후배들에게 말할 수 있었다. '스탠드업 코미디만으로 먹고 살 수 있는 시대가 왔으니, 이제는 스스로 잘하기만 하면 된다.'라고. 나 자신도 더 이상 믿어 의심치 않는 확신이 생기는 순간이었다.

'이건 어쩌면 내 인생을 바꿀 농담이 될지도 몰라.'

하빈이와 제규도 다른 콘텐츠를 병행하며 자신의 티켓 파워를 만들어 내기 시작했는데, 스탠드업 코미디 쇼츠의 스타트를 끊었지만 꾸준하게 밀어붙이지 못해 티켓 파워가 아쉬웠던 내게 어느 날 <서울 코미디 클럽>의 김단 대표님이 말씀하셨다. '철현이는 테이블 세터 역할을 잘해주는 것 같아.' 농담 삼아 하신 말씀이었지만, 들었던 말 중 가장 위로가 되는 말이었다.

대전이 고향인 해리와 연애를 하면서 야구장에

처음 가게 된 나는 한화 이글스를 응원했는데, 그들이 하는 마약 같은 야구에 나는 금세 빠져들었다. 1년 새 야구 덕후가 된 나는 야구와 관련된 수많은 영상과 콘텐츠를 찾아봤었다. 그러다 알게 된 단어가 '테이블 세터'였다. 야구는 1명의 투수와 9명의 타자가 함께 경기를 진행한다. 9명의 타자는 1번부터 9번까지의 순서대로 타석에 들어서는데 우리에게 익숙한 용어는 '4번 타자'다 1~3번 타자가 모두 출루에 성공한다면 만루 홈런을 때려낼 만한 장타력을 가진 선수가 4번에 기용되는데 '이승엽'이나 '이대호'처럼 이름만 대면 알만한 슈퍼스타가 보통 '4번 타자'의 역할을 맡는다. 하지만 아무리 4번 타자가 홈런을 때려낸다고 해도 누상에 주자가 없다면 그건 1점짜리에 불과하다. 그래서 앞선 1~2번 타자의 역할이 중요한데, 야구에서는 그들을 '테이블 세터(밥상을 차리는 사람)'라고 부른다. 그렇다. 내가 꼭 4번 타자가 될 필요는 없었다. 3, 4, 5번에 대니 형과 동하 형, 동훈이가 들어선다면, 그 앞에는 반드시 출루에 성공할 사람이 필요하다. 그 역할은 내가 가장 잘할 수 있는 역할이었다. 무대에 설 때도 항상 그랬다. 마지막에 헤드라이너라고 하는 가장 강력한 라인업이 서게 되는데 나는 항상 무대에서도 1, 2번을 했다. 처음에 무대에 올라가면 아직 마음이 열리지 않은 관객들의 냉랭한 반응을 몸으로 받아내야 하는데 항상 부담스러운 순서였다. 그에 불만을 품은 적도 있지만, 내가 그 순서를 하고 나면 이후의 무대는 항상 분위기가 좋았다. 몇 년간 앞 순서에 익숙해지고 나니 오히려 관객들이 지치기 전에 내가 무대를 여는 게 더 좋은 일일 수도 있겠다는 생각마저 들었다. 나는 '테이블 세터'의 역할을 잘할 수 있는 사람이었다. 그거면 됐다. 언젠가 내가 더 힘이 생긴다면 3번, 4번에 들어설 수도 있는 날이 오겠지만 내 쓰임새가 확고해졌다는 게 오히려 씬

전체로 보면 더 이득이 될 것이다.

2024년 현재 기준으로 야구는 한 시즌에 144 경기를 치른다. 우리는 한 경기하고 떨어지는 토너먼트에 나온 선수들이 아니라 오늘도 무대에 서고 내일도 무대에 서야 한다. 그리고 10년 뒤, 20년 뒤에도 무대를 서게 될 것이다. 그러니 아쉬운 날도 있고, 멋진 날도 있으리라 생각하고 하루하루에 충실하면 되지 않을까? 그런 생각을 하며 나는 오늘도 무대를 연다.

살면서 아빠는 나에게 먼저 전화를 거신 적이 단 한 번도 없었다. 나도 연락을 거의 드린 적이 없으니 서운할 건 없지만, 그래도 아들 걱정은 안 되시는지 가끔 궁금하긴 했다. 그렇다고 딱히 사이가 안 좋냐면 그렇지는 않다. 명절이나 가끔 집에 내려가서 뵈면 우리는 여느 집안의 부자와 비슷한 정도의 유대감을 가지고 있다고 느낀다. 하지만 경상도 남자들 특성상 우리는 굳이 내색하지도 않고, '밥은 잘 묵고 다니나.' 하는 정도의 한

마디로 그동안의 모든 안부를 대체하곤 한다. 어쩌다 한 번씩 아빠에게 전화가 와서 받아보면 백이면 백 '핸드폰을 주웠는데요.' 하는 이름 모를 누군가의 목소리가 들린다. 500km나 떨어져 있는 내가 받으러 갈 순 없으니 나는 다시 엄마에게 전화를 걸어 상황을 알린다. 성인이 되고도 몇 번은 그랬던 것 같다.

그러다 어느 날 문득 생각했다. '아빠 핸드폰을 주운 사람이 어떻게 나에게 전화를 걸었을까?' 그랬다. 나는 항상 아빠에게 1번이었다. 아빠가 017로 시작하는 번호를 쓰셨을 때부터 지금까지 나는 항상 전화번호부 1번에 저장된 사람이었다. 그렇게 생각하고 나니 어쩐지 마음이 조금 짠해졌다. 말은 하지 않지만 그게 아빠의 사랑이 아닌가 싶었다. 언젠가 할머니가 살아계실 적에 아빠에게 잔소리를 하시다가 '철현이가 걱정되어서 아직 죽을 수 없다.'라는 말씀을 하셨다. 나는 옆방에서 잠결에 그 이야기를 들었다. 엄마의 말로는 할머니가 돌아가시기 직전에 의식도 희미하신 채로 '철현이는 남바완(No.1) 된다.'라고 말씀하셨다고 했다. 고등학교 때는 그게 전교 1등 될 거라는 말씀이셨나 하고 열심히 공부를 했다. 시간이 지나고 보니 나는 No.1이 되어 있었다. 아빠의 휴대폰 속에서도, 그리고 무대를 서는 순서에서도. 스탠드업 코미디 실력도 No.1이라면 좋겠지만, 웃음은 취향의 문제이니 굳이 동료들과 경쟁해서 줄 세우기를 당하고 싶지는 않다. 다만 누군가 나중에 나를 기억해 주었을 때, 미지의 바다로 먼저 뛰어들었던 첫 번째 펭귄 같은 존재가 있었다고 말해준다면 그건 꽤 뿌듯할 것 같다.

다만 누군가 나중에 나를 기억해 주었을 때,
미지의 바다로 먼저 뛰어들었던
첫 번째 펭귄 같은 존재가 있었다고 말해준다면
그건 꽤 뿌듯할 것 같다.

대학생 때는 뭘 하고 살아야 할지 고민이 참 많았다. 과연 이런 걸로 먹고 살 수 있을까 하는 생각도 많이 했고, 가끔은 낙관하기도 했지만 20대의 대부분은 불안하고 고달팠다. 그런데 현재의 나는 내가 하고 싶은 코미디를 하며 잘 지내고 있다. 2017년 울산에서 혼자 스탠드업 코미디 무대를 연 이후로 약 7년의 시간이 흘렀다. 매주 4~5번 무대에 올라 농담을 검증하고 한 달에 한 번은 100명이 넘는 관객 앞에서 내 이름을 걸고 단독 공연을 한다. 다른 일을 하지 않아도 먹고 사는 데 지장은 없다. 얼마 전에는 결혼도 했다. 아내인 해리는 바닥난 내 자존감을 멱살 잡고 끌어 올려준 고마운 연인이자, 함께 있을 때 가장 재미있는 친구였다. 코미디로 먹고 살 수 있겠다는 확신이 들자마자 우린 바로 결혼했다. 20대의 내가 어디로 튈지 모르는 럭비공처럼 이리저리 튀며 하고 싶은 일을 찾아왔다면, 30대의 나는 드디어 찾은 내 일을 진지하고 꾸준하게 해나가려 한다. 스탠드업 코미디의 미래가 어떻게 될지는 모르지만, 확실히 6~7년 전과 비교하면 훨씬 더 나아진 상황이다. 이제 거의 매일 설 수 있는 무대가 있고, 한 장르로서 업계에서나 대중들에게 인정받고 있다.

산업 디자인을 하면서 가장 크게 깨달은 것이 있었다. 우리가 과제를 해올 때마다 굳이 이것까지 지적하시나 싶은 교수님들의 피드백을 따라 매번 조금씩 고쳐나간 결과물들은 정말로 끝도 없이 나아질 수 있었고, 좋은 작품은 그렇게 만들어진다는 것이었다. 코미디도 마찬가지였다. 이 정도면 내가 할 수 있는 최선이라 생각한 농담들도 계속해서 무대에 올리다 보면 웃음의 농도가 더욱 짙어져 있었다. 아마 우리 삶의 대부분도 비슷할 것이다. 지금의 나는 방망이 깎는 노인처럼 농담을 깎고 깎아서 스탠드업 코미디의 장인이 되어보고 싶다는 생각을 한다. 이 재미있는 일을 나는 80살 영감이 되어서도 하고 싶다. 그때는 내가 또 어떤 농담을 할 수 있을지 기대되고 설렌다.

대학생 때 읽었던 책 중에 <즐거운 나의 집>이라는 소설이 있는데, 거기에 이런 문구가 나온다. "고난이 닥쳐왔을 때 가장 필요한 것은 희망도 용기도 인내도 아닌 유머다." 앞으로의 삶이 어떻게 펼쳐질지는 모르겠지만, 행복한 순간이 있는 만큼 또 고난이 있을 거라 생각한다. 삶에 아무리 어려운 순간이 오더라도 좌절하고 절망하는 것이 아니라 농담 한마디 하고 웃으면서 이겨낼 수 있는 단단한 어른이 되고 싶다. 우리가 삶에 닥친 고난과 불안, 갈등을 유머로 희석시킬 여유만 있다면 인생도 세상도 조금은 나아지지 않을까.

여기까지 나의 첫 책, 첫 이야기를 들어주신 여러분들께 진심으로 감사드린다.

지금까지 박철현이었습니다. 고맙습니다.

웃기려고 쓴 농담에
짠 맛이 날 때

글

박철현

초판 1쇄 펴냄 2024년 6월 26일

편집 **송재은**
디자인 **김현경**

펴낸곳 **warm gray and blue (웜그레이앤블루)**
이메일 **warmgrayandblue@gmail.com**
인스타그램 **@warmgrayandblue**
출판 등록 **2017년 9월 25일 제 2017-000036호**

ISBN **979-11-91514-29-2(03810)**